U0927451

TAKE TIME TO
WASTE YOUR LIFE

把力气花在你想要的生活上

朱宏 著

CNS 湖南文艺出版社 HUNAN LITERATURE AND ART PUBLISHING HOUSE 博集天卷 CS-BOOKY

TAKE TIME TO
WASTE YOUR
把力气花在你想要的生活上

LIFE

TAKE TIME TO WASTE YOUR LIFE

CONTENTS

目录

00

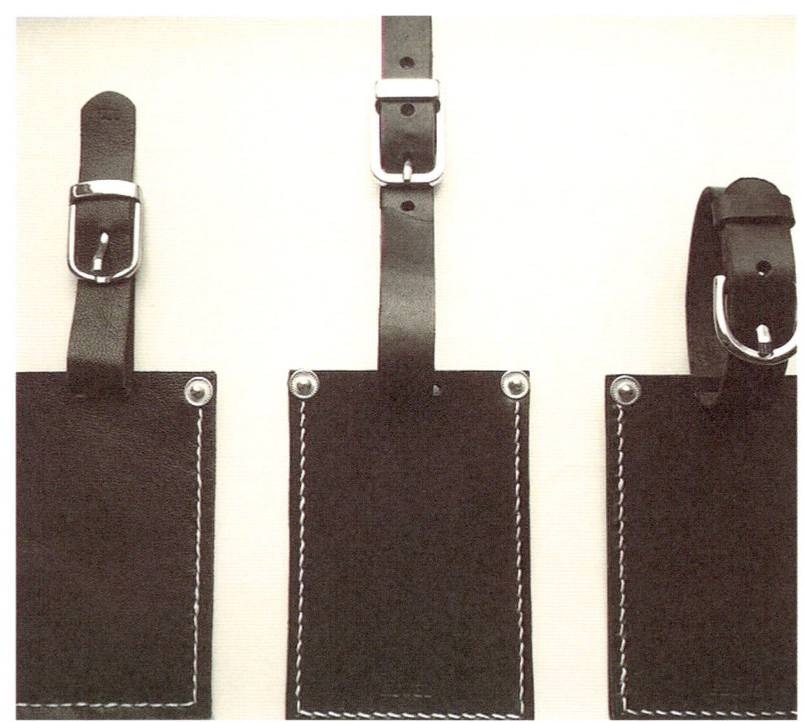

美好物质，生命的伤 *PART 1*

PART 2

在路上发现自己

不上班的理想生活

PART 3

生命中的温暖与爱

PART 4

回望初心，再出发

PART 5

序

不顾一切地去体验生活。

已经不知道是第几次重新写这篇序了。

这事情对我来说着实很难，其实我之前写了一篇长长的、讲大道理的序，但是在审稿的过程中，自己读过几遍后愈发觉得不堪入目。我没有资格去讲那些人生经验，我所能代表的只是我个体的选择，我表达的也只是我个体目前的满足感。我主动放弃了很多人羡慕的外企高薪，选择了一种平淡却也忙碌的自由生活，我的行为让周围所有人不解：我不顾一切甩掉的那份工作，正是他们很多人拼死拼活求之不得的职业目标。

重写这篇序的场景很有意思，《创业家》杂志约我拍一段短视频，用以传播自由职业的生活方式。现在我在创业大街的3W咖啡馆坐下，面对着摄像机和聚光灯，手边摆着咖啡杯，像模像样地表现出打字写作的状态。其实这一年多的生活状态大抵如此，遛完狗，背上包出家门，找个适合写东西的咖啡馆，一坐就是半天。看书，写字，聊天，太阳落山便去健身房游泳。

赶一篇稿，赶一本书，然后赶下一本书；看一本书，然后看下一本书。每当这时候我都会想到毛姆的《刀锋》中提到的主人公拉里，在阅览室坐下看书八九个小时不动。如果我还在上班的状态中，断然是不可能拿出这么长的时间去静下心阅读的。

离职后我刻意让自己摆脱了智能手机，于是也就摆脱了朋友圈，没有工作的束缚，也没什么要紧事需要随时看手机，不会有人找我，真有要找我的一定会打电话，所以手机不是那么要紧的东西了。

我作为设计师工作了十多年，职业的最后几年的岗位是用户体验设计布道师，这份差事让我有机会接触到国内外一线的设计大师和专业设计公司，也让我离以前的偶像们更近，我原本想邀请他们中的一至两位为这本书写序（我之前出版的设计书都是这样），但是这本书，你们都看到了，和设计又确实没什么关系。

我并不想灌输鸡汤，也不想再说多余的故事。人在不同的年龄阶段和不同社会地位中，所追求的东西是不一样的。我也曾经有过非常非常卖力地去追逐名利的过程，但实际上它让我失去了更多可贵的东西。但如果有机会重来一次，我可能还是会做出和当时一样的决定，毕竟那就是人，有血有肉有贪欲又有顾虑的人。而现在，我更希望生活安静一些，能随心所欲一些，能不想做什么事就不做什么事。

人就得先工作赚钱，赚够了再量入为出过日子，似乎这是一种正常得不能再正常的活法。但实际上很多人把所有时间都耗费在赚钱之中，再也停不下来，并不是每一个人都能真正把自己的几十年活明白了。现在，我把所有能花的钱全都尽快花掉，因为只有把钱花掉，才实现了它的价值。如果能把每一天都当作最后一天来度过，每一天都让自己去积极实现每一个稍微抬点手就能实现的愿望，让自己积极地消费、积极地去看这个世界、积极地去体验稍微吃点苦吃点亏就能更快活的生活方式，这才叫真正不枉此生。

世界上最宝贵的毕竟还是时间。

无论你有多少钱，生活窘迫还是富得流油，你都可以寻找到让自己快乐的一种方法，只要你充分利用好了自己的时间，你都可以活得很好很精彩。人这一辈子其实就是在不断地寻找快乐的过程。很多人在赚钱的过程中获得快感与满足，我承认这也是一种快乐的过程；而暴富后去享受那种挥金如土的感觉，这也是一种快乐；很多人在与女性交往的过程中收获快乐；也有人在教育孩子成功的过程中获得快乐……千奇百怪但都是体验丰富人生的方式。谁都可以得到更富有的生活，但人世间的一切不过就是交换而已，拿你的时间和你的健康、你的家庭幸福去换取账户上更大的数字，这不一定是件好事。而我如今找到了更好的生活品质升级之路，那就是尽量为生活进行更好的点缀，给自己创造更多的故事，但又不给当前带来太大的压力，这就是这本书里我想说的事情，也就是我想说的更好的生活。

我喜欢研究各种科技产品，也喜欢皮具、木工和文身，喜欢很多需要动手去创造的东西。我也热爱旅行，毕竟旅行是帮我们增长更多见识的途径，还有阅读，阅读更多的书，掌握更多的知识，同时再去创造一些什么专属自己的独一无二的作品，这些都是每一个人能享受到的更好生活。更好的生活不单是自己活得自在潇洒，也存在于大家的社交网络之间，去了解其他人的生活，更宽容地对待生活中所有的遭遇，去理解那些原本我们不想不屑去理解的人。我把很多很多的小故事写在了这本书中，我不希望我的话题变得过于肤浅，我希望去挖掘一些能让我们的内心更加平静的内容。

为这本书取名字是个非常艰难的过程，在博集天卷的李颖编辑和毛闽峰总监的帮助下终于有了这个书名。我曾经一直想要个更短更意识形态的名字，但是毕竟不是畅销书作家，简短的书名不能帮助广大读者了解到我和我的故事，希望此刻拿起书来翻到此的你，原谅我的粗糙语言及片面观点。既然我们对生活有着同样的热情，我相信书中的故事你一定能感同身受，当你读到我描写我的朋友，我回忆那些萍水相逢又渐行渐远的人，你一定会把我当作一位可以诉说心事的久违老友。

如果你也一样不顾一切地去投入生活，生活也将向你展示更色彩斑斓的一面，这绝不是上班下班那么枯燥无趣，也不只是买菜洗碗那么平淡真实。每个人都可以有自己更好的生活，不能轻易说做到最好，但是我们永远能通过不懈努力让自己比去年比上个月的自己活得更好。

是以为序，去年给上一本书写序的时候窗外也一样飘着杨絮。

朱宏

2017年4月14日 于北京

PART 1

美好物质，生命的伤

TAKE TIME TO WASTE YOUR LIFE

把力气花在你想要的生活上

MINI

赚钱，消费，贷款，消费，无数人的青春时光，就耗费在刷卡和还款之中。

人有物欲是个好事，很多年前我那无欲无求的表弟来北京找工作时，我无论如何都给他找不到去拼搏的动力，在他们这些家境较好的孩子眼里，为什么要那么拼命去赚那么多钱呢？吃饱喝足打打游戏不就足够开心了吗？无欲则刚。

直到他有了女朋友。

物质欲望能够刺激人类不断往前，尽管世间的一切都不过是资源交换，但在原始积累的过程中每个人都愿意把更多的时间和力气去换成人民币，然后再拿人民币来填平自己的欲望，当然，也有一类人的欲望就是人民币本身而已。

物欲不是坏事，控制不了的物欲才是坏事。

三千块的电吹风和三万块的电熨斗。

会议室里热火朝天，大家见我进来，纷纷问道：朱老板，我们接了个新案子要做，有个三万块的瑞士电熨斗你知道吗？特别适合你这种格调的人。

我说：哦，我家有啊，LAURASTAR嘛，海外代购用不了三万。

这天已经没法聊了。

老实说我已经忘了这东西的低调存在了，毕竟是白老师买的，白老师用。我不光不太会熨衣服，而且白老师要把我满柜子衣服都熨一下的时候，我会大把抢回来。这个不用熨，那个也不用熨，这些天我反正不出去正儿八经见人也不上台讲话，这些短袖随便穿穿就行，不讲究。

我家的LAURASTAR不是三万块的顶配熨烫系统，只是几千块的基本款。最贵的那款自带个熨衣板，熨衣服的时候，面板会充气拱起来，把衣服软软地托在半空中，看着还是很吸引人的。我们也是在商场看到LAURASTAR的销售人员演示这个熨衣板才决定要买他们家的东西的。

几千块的基本款没有熨衣板，只是熨斗和底座的组合装，熨斗底板上的V字形3D喷气槽与众不同，箭头状的蒸气喷出来，似乎衣服轻松就被熨得光鲜亮丽。当然，或许只是心理作用而已。这么说你们可以明白，我不是给它打广告，这样的广告再怎么打你们也不会买。

大家要我说说到底这熨斗有什么好的，卖这么贵，我想来想去，除了那个V槽之外，我还很喜欢它的工业设计，swish design，这几个字扔出来就够有说服力了。我从来没见过这类可有可无的家用电器有这么好的线条、质感，以及漆面。

红色版的我最喜欢，白色的也不错，但是稍微便宜的就是黑色的，我家的就是黑色的。

自从有了这台熨斗之后，熨衣服的过程就变得很有仪式感了。对，就是仪式感。五年前我买过一个松下的电熨斗，三百块，京东送来后扔掉包装然后就搁着了，一次都没用过，真的，一次都没。而用上LAURASTAR后每次我们都认真铺开熨衣板，装上纯净水，从洗衣机里取出烘干后皱皱的上衣裤子，一件一件正面反面熨好挂起。这个过程中最能体会到，什么叫"作家"。

贵重的东西往往更有存在感，也会更让你珍惜，于是在使用的过程中也就会自然进入这种仪式感。

后来dyson出了电吹风，我在涩谷西武百货看到，眼前一亮：dyson是誓要把与风有关的圆形东西做到极致啊。

dyson的电风扇和吸尘器早已备上，加上电吹风就三件套齐活。家里电吹风不少，即使我头上没几根毛了，但是每天还是得吹吹。三千块的电吹风，同样是dyson的空心筒风格，设计语言也一致地极简，看着就赏心悦目，尤其是紫红色这款。吹头发时感觉不到传统电吹风的灼热，虽然风力比飞利浦2000W的吹风机要小一些，但是吹干速度却快很多，据说黑科技的实力就体现在这儿。但是有一点我不喜欢：电源线又长又粗又重，甚是奇怪。

dyson是我非常喜欢的家用电器品牌，无论是产品创新还是独到的设计风格，都简直正中我心。它还推出了两款洗手间干手器，这倒是用不太上，在“什么值得买”的办公室里体验过方形挂墙款，在三里屯PAGEONE的洗手间里有dyson的水龙头及搭配一起的干手装置，每次不管要不要上厕所我都会进去玩玩那个启动时像飞机起飞般吓人的干手器。干手器这种东西安装要动装修，家里就不折腾了。

三千块的电吹风和三万块的电熨斗，你又不是买不起，只是大部分人不会把钱花在这些东西上面。你舍得买西城区和五道口的学区房，动辄上千万，他坚持不买房赚多少钱都再投入自己的公司和事业中去；你能买奔驰AMG买奥迪RS，我的车虽然也不差但都是丐中丐配置，而还有人不买汽车去买十来万的摩托车；你周末加班熬年头等千万股权兑现，我随时休假两个月不要收入去海边待着；你逛街买潮牌不花一两万不高兴，泡吧喝酒不花小几千不尽兴，而三里屯太古里如今半价三块钱一小时的停车费已经足够让我开心的了。还有位朋友，车子房子都没有，花光几百万家当收集齐了全系列全新未使用过的索尼WALKMAN和Discman还有MD，每次在他库房里待着我都赖着不想走，这已经不是羡慕嫉妒恨的事了，我脑袋里一直策划怎么才能将他家洗劫一空（他说索尼董事长来参观的时候也这么想的）。

每个人都有自己享乐的权利，只要自己开心自己觉得值，别人的质疑都通通与我无关。活得比我好的我只有羡慕，比我差的我也不会指指点点，反正死的时候一切清零。

大概这就叫生活方式。对我而言，家里每样东西都要有品质能被我真心喜欢，反正钱要都花掉才有价值，不然只是数字。何不在还能享受的时候积极享受，取悦自己。

一辈子还长着，没什么花掉的钱是赚不回来的。

眼镜是个好东西。

2012年夏天，从西雅图飞拉斯维加斯的飞机上，他在我旁边坐下，第一句话就说：眼镜很漂亮。我说：你的也是。他叫Lee Haldorsen，他的五官像极了《越狱》里的T-bag，不过是高个绅士版的。

看得出他对中国人很感兴趣，一路上抓着我聊个不停，问东问西。他告诉我他刚去过一次上海，那次收获很大，觉得中国不是他印象中的中国。后来我掏出了一台Windows Phone，他想到了什么，问我为谁工作。听我说完后他掏出手机，在相册里翻了很久，找到一张他和比尔·盖茨的合影，而且是在盖茨的家里："看，我认识你老板！"

他当然可以认识盖茨，他在西雅图UW大学城Village经营着一家叫作Market Optical的眼镜店，UW Village是大家公认的西雅图最舒适的逛街场所，干净整洁、四季花香，超市夜不闭户，不久前亚马逊的第一家实体书店也在这里开业。能开在这儿的，也就意味着是西雅图最好的眼镜店了，而且，盖茨的豪宅离这里差不多也就3英里路程。

盖茨近几年的眼镜，都是Lee挑选推荐并且配置的。接下来我们聊了很久关于眼镜的话题，他邀请我回西雅图时去他的店里看看，他给我选一副新眼镜。

当时我戴着的是一款2010年PRADA的设计师款运动黑红框，侧边镶嵌两道红色，前方顶部有一排灰色橡胶栅格设计，现在还想买同款怎么都找不到了。这副眼镜是在香港配的，加镜片也就合人民币两千多。后来和RIGO DESIGN的朱印碰面时，发现我们俩的眼镜是一样的，再后来和Snack Studio的Jason又撞了一次，看来那年这款眼镜着实很受设计师群体欢迎。

在这之前我有一副ESPRIT戴了两年多，若不是那年夏天去京郊白河漂流，它也不会掉到湍急的溪水中，溪水不算深，但是没戴眼镜的我根本看不到它在哪儿。还好岸上车里有备用眼镜，不然都不知道怎么才能开回北京。

说到车里救命的那副备用眼镜，是更早的时候在淘宝上配的，才两百块，拿到手就慌了。果然有种技能叫作摄影，和卖家店铺照片上的是一模一样，但是质感就是哪儿都不对。不敢戴出去，只好扔在车里备用，最终它倒是很好地实现了它的价值。

非残疾人可能感觉不出来，近视眼镜对于我们这类人是最重要的一件配饰。两人见面，远看衣装，近了看脸，说句你好，眼神对视（眼神飘忽的都是心里有鬼）——这时候对方的焦点就在你的眼镜上了。我们对衣服鞋子早已有着正确的认知，尽量穿漂亮穿整齐穿出风格，搭配一些名牌和个性的元素在里面。但对于眼镜，很遗憾，大部分人都不太认真对待，而且这事情和有钱没钱并没多大关系（亮视点的朋友告诉我在亮视点配镜基本都会选择两千元左右的镜框，但更多的顾客还是会去潘家园挑便宜货）。

前不久和一位老同事吃饭，他曾经在阿里位居要职，现在低调点说也是几千万身家。我们六年没见，他还戴着六年前那副眼镜，那还是我们当年一起去潘家园配的，印象中当时也就花了几百块。镜腿折了一只又修好了，鼻托处能明显看到绿色的锈，镜框多处磨掉漆了，正面看左右都不平衡，侧边拼音写的品牌名称倒是清晰如初。你要说他节俭吧，衣服很明显是ARMANI，拎的包也是TUMI。

我和这位身家千万的朋友算了个账：最保守地算，每个季度添置一身衣服，夏天五百块算适中了吧（但夏天买一套衣服可不够）？冬天的稍微贵点，这样算一年下来衣服的花费最少是两千块，还没算鞋子帽子围巾什么的。鞋一双就一千左右，这样生活在一二线城市的三十多岁、收入正常的人每年在衣物上花费算五千，还不说稍好点的一件就这个价（不在一二线城市的朋友就不要来挑刺了，什么样的收入对应什么样的花费，吃饭打车房价都不一样呢）。那为什么对脸上这么重要的投资才几百块？一副一千块以下的眼镜，如果戴三年，合每天才花一块钱在脸上——这种我觉得不叫节俭了，只能叫作小气。

当然，说小气是开玩笑的，谁都不差这个钱，只是没有上心而已。从戴眼镜开始，也就是从读书时代开始，我们对于眼镜的价格就定位在两三百块，随着物价飙升，我们的心理价位并没有发生变化，还是以学生心态、无收入心态去潘家园眼镜市场，还是觉得几百块钱搞定眼镜的观念是对的。于是这个部分的品质一直没有随着收入增加而提升，哪怕只要每天少抽两根烟就能实现。眼镜这东西，不打球、不打架，基本就不会坏，但是如果你要等到它坏了才换新的，这就麻烦了。一副眼镜的寿命远远长过你换工作的周期，也就是说，你的收入也许翻番了，但是脸上还戴着当年那副破眼镜。但是别忘了，眼镜的样子，可能会给你换工作面试时的第一印象减分。

我不认为眼镜是奢侈品，一它是必需品，可有可无的才叫奢侈品；二即使镜框单品很贵，但是平均到使用时间来算它比衣服鞋子手袋钱包都便宜；三是镜片的钱是活该要掏的，那叫医疗花费，谁让咱残疾呢。我也不认为有着大大的名牌LOGO的眼镜就是好的，要我脸上顶着个大牌招摇过市我也有压力，这东西还是低调点好，比如THOM BROWNE和alain mikli。GUCCI的标志性彩条很好看，但是也得讲究和着装的搭配，PRADA的红色是点睛之笔，但不是任何性格的人都适合在耳边装饰红色，就像不是谁戴着金边眼镜都显富贵。同样我也不觉得贵的就一定好，便宜的就一定不好，一千块以下也有不少好选择，比如LEVI'S，如果不是年龄已经不合适我还想配一副LEVI'S放着备用。不过，千万不要以为买个两百来块钱的眼镜就是省钱，一分钱一分货，亲民品牌的成本都体现在材质和工艺上，两三百块的眼镜的利润率说不定比LEVI'S甚至OLIVER PEOPLES还高。

另外，日本有非常多不错的眼镜品牌，可惜我去日本那么多次，都没有好好研究。倒是在台北看到一家奥地利的眼镜叫Rolf非常有特色，木质的镜框、木质的关节，镇店之宝是深海木化石手工打磨的一款，灰白色石头框，合人民币八千块，非常令人心动，但是戴上确实不适合我的脸形，而且担心很容易碰碎，痛快地放弃了。前阵子在维也纳我去找了这个店，价格和在台湾没什么区别，不过生意确实不好。

我收入过万之前也没买过好眼镜，都在我生活的城市的眼镜市场解决。后来从ESPRIT到PRADA，算是一个升级的过程，再后来在西雅图的MO配了洛杉矶一个设计品牌的钛合金架，然后再入了alain mikli的坑，就没再跳出去过。借用知乎上某答友的一句话："mikli随便来一款都买对了。"mikli的店价都在四千多，在法国也差不多价格，同级别的大设计师STAR CK系列也差不多价位，算是正装近视镜中非常不错的品牌了，黄晓明在《中国合伙人》里戴的就是STAR CK设计的眼镜，不过淘宝上大多都是假货，眼镜这东西模仿成本太低。

一年后我再去西雅图，去UW大学城逛街时光顾了Market Optical，Lee热情接待并且帮我试眼镜，最后挑中了一副特别轻的Entourage of 7，钛合金，店内都没标价，我估计不会便宜也就懒得问。验光配完镜片，Lee说很高兴我能来，这副眼镜他送给我，不用付钱。我客气地说哪能免费呢，应该我付钱。他说你说真的？我说当然。于是他痛快地拿出POS机按下七百九十五美元……

我就一个想法：跟老美我装啥客气呢？

后来他和妻子请我去家里吃饭，告诉我公司的医疗保险可以报销，我告诉他中国的医疗保险中可没配眼镜这项……

故事讲完，毕竟我也不是这行业的专家，只能从用户角度来说说心得。真要提供参考意见的话，商务的选alain mikli、TAG Heuer、LINDBERG，文艺范的就THOM BROWNE和OLIVER PEOPLES。别问我贵点的镜框到底有什么不一样，自己戴戴就知道，你会发现这是笔合算的投资，然后像我一样陆续买三四款囤着分场合配衣服。

当然，最重要的一点，钱多钱少量力而为，不给衣着手表拖后腿就行，关键是得好看，并且衬自己脸形，这是挑选眼镜的前提条件（天生丽质的请随便买）。另外再强调，上面提到的价格，都没包括镜片价格，都说了镜片多少钱都得花，这属于医疗复健，为了鼻梁轻松点还得多花一点。

眼镜是个好东西，既然都残疾了，那就认了吧。

不用钱包也能实现理想。

先搬出那句很俗的台词：男人最帅的样子，就是掏出钱包的时候。

怎么样，俗不可耐吧？但是这样的句子多少说明了经济能力和男性成功形象的绑定关系。从古至今，财富，一直都是判断一个男人形象的关键因素，你十恶不赦也好，长得矮小精悍抑或肥头大耳也好，那都不重要，只要钱包够厚，你说什么都好像有了点道理。

这就是我们扭曲的价值观，“70后”“80后”的我们从小就被教育要出人头地，要光宗耀祖，要有出息。而这些鸡血十足的词用什么标准来判断呢？钱。我多羡慕“90后”“00后”的晚辈，家长的观念已经发生了巨大转变：没什么要求，只要你活得开心就好。因为他们的家长就是我们这一辈过来的，多少懂得了潇洒活着的价值。

昨天翻箱倒柜把那些没写过的手账整理到一起，吃惊地发现我还有几只没用过的钱包被收在包装盒里—— 一只TUMI和一只RIMOWA。

TUMI的钱包我记得是在美国买的，在美国用了几天挺合适，回北京后就傻了——放不下人民币。TUMI的很多钱包都这样，高度正好适合放美元，再高一厘米才能把人民币给藏好。

而那只RIMOWA，我几乎都忘记了，去年在罗马买的。表面有着他们家经典货箱一样的立体纹路，大小放什么都可以。刚摸到它时我爱不释手，带回来后却又一直没打开盒子，直到它被我忘掉。

确实，现在我用钱包的机会越来越少了，容我慢慢回顾一下吧，我的钱包们都是如何闲置下来的。

印象中我是初中时在学校附近的精品店买的第一只钱包。严格说来那不叫钱包，是个钥匙包，三折的结构中间有一排钥匙钩。包面的角落上嵌着一朵带两片叶子的小花，老板急着向我推销说：“这个好，名牌，花花公子。”很多年后，我知道那叫梦特娇，不是LOGO是一朵花就可以随便叫花花公子。

我花了五块钱买下来，当然不可能是真的梦特娇，尽管那已经是我身上所有的钱了。买了个钱包，却没钱可以放进去，不得不说也是一种莫名的尴尬。那时候吃住都在家，爸妈也就在需要我去商店打个酱油救急时才会给我钱。这五块钱我都不知道是怎么省下来的。

高中时住校了，每周从家里拿五十块当伙食费，总算是有了自己能支配的钱，起初都塞在口袋里，零零散散的一块两块。想想觉得也该买个钱包了，当时慢慢知道了真维斯、班尼路这些青春牌子，于是拉着室友一起去专卖店选了个班尼路的绿色帆布钱包，大概几十块钱吧。那个钱包，从高中用到了大学，里面最多放过两张或三张一百，放卡的位置塞了一张201电话卡、一张食堂的饭卡，还有两只用201电话卡剪成的吉他拨片，仅此而已。

大学期间或许用过别的钱包，但是几乎都忘了。大二大三时在学校代理QQ周边产品（那时候还叫OICQ），其中就有款还不错的两折钱包，浅土黄色的帆布面，面上一只塑胶企鹅LOGO，那时候这只企鹅还没那么流行，这只钱包用到毕业工作时。

拿了工资后换了一只ESPRIT，那些年ESPRIT在使劲打开中国市场，对于我们刚毕业的来说，已经算是很大牌了。白色的，能装很多现金，也能装不少卡。刚毕业时和同学们攀比的就是谁钱包厚，总有些人喜欢在钱包里塞十张以上的百元钞票，弄得整个钱包鼓鼓的，放在哪个兜里都很显形，现在也还有人这样，我一直不太理解。钱包本身已经足够占地方了，为什么还要把它装那么鼓，生怕贼不知道往哪儿下手？一天中需要用到那么多现金的机会有多少呢？如果一张卡不能解决所有问题，那么来两张行吗？

这只白色的ESPRIT一直没有坏，毕竟是皮质的，做工也非常好。钱包就是这样一种东西，如果没有坏没有丢，你很难找到替换它的动机。当然身份地位变化是种更换钱包的重要原因，还有另一个常见原因就是，别人送了你新钱包。

来北京后第一个生日，女朋友送了我一只杰克琼斯。当时还不知道其与ONLY背后的绫致集团，只当是欧洲大名牌。打薄的牛皮，极简的设计，同事看到都会赞叹时尚时尚最时尚，可比那谁谁谁的华伦天奴时尚多了。

又一年生日，又被送了一只钱包，TOUGH。原因很多，一是女朋友实在想不出有什么礼物可送了，二是大家都知道了原来杰克琼斯不过是天津企业持有的品牌，不是真正的洋品牌。说到电器大家还是尽可能想办法捧一捧本土品牌以表支持国货，但是说到以服装为代表的时尚行业，那还是务必得欧美血统才对得起花出去的钱。打个不恰当的比方，如今用小米手机华为手机的比用苹果用三星的多得去了，甚至小米的MIX旗舰机都成了各路时尚人士炙手可热的玩具，但是如果真给你一件剪裁合身帅到没朋友的时装，胸口绣着小米或者华为的LOGO——不用我接着往下说，你也知道是怎么样的一种尴尬了。

TOUGH的钱包就是tough，粗犷又威猛，一条粗金属拉链贯穿整个钱包一周，一分钱不放钱包就已经厚得塞不进口袋。无奈我五短身材，最终这只TOUGH只得沦落为卡包，被扔在包里不贴身带着，再后来干脆从包里拿出来搁在了家中抽屉里。于是这只并不便宜的钱包如今还塞满着当年那些早已过期作废的卡片，被挤在一堆旧物之中，每次搬家时被我找到，都如获至宝，翻翻看然后又放回原位。

我已经受够了大钱包，那些年中手机也日渐变大，智能手机登上了舞台。左裤兜里一只大手机，右屁股兜里一只大钱包，这走起路来就活像个智障，我不能让这样的局面继续下去。

刚好独自跑了一趟香港，没人管我如何花钱，我冲进COACH，买了一只女款小钱包。这可是我想了多少年想做的事情！我就想要一只小钱包，男款女款并没有什么关系，只要不是特别娘。

它刚刚好塞下几张一百块，也刚刚好插进三四张卡，然后就得很吃力才能扣上了。挺好，完美。这已经是这么多年来我最喜欢的一款钱包了，虽然我并不是很喜欢COACH这个品牌，但是不得不说那款钱包深得我意，况且它还是我最喜欢的白色皮面。

白色的坏处就在于它随着使用时长的增加会变脏，每隔一段时间我会挤一点牙膏来擦一擦（也不知道这样的乡土保养方式正确与否），经过我的细心呵护它得以无限续命。

而在我越来越喜欢女款小钱包的同时，我发现女人们的钱包越使越大了。不知道从什么时候开始，女人们都揣着长条钱包上街了，这大概是

CHANEL、PRADA这些大牌带的头，而女人们原本不管去哪儿都要挎着个小包，那么大钱包也总有地方可以扔，钱包太小的话扔到包里反倒找不到。

在白老师还没成为我的白老师之前，我买了个大布钱包送给她。比我的皮质COACH还贵，其实这事情也没计划，只是那天去三里屯瞎逛，看到当年正流行起来的LeSportsac在屯里开了个专卖店，色彩缤纷，青春洋溢，于是一时冲动就消费了。而这个LeSportsac的花布包她喜欢得很，每天中午出去吃饭就揣在手中，摆在饭桌上。别忘了，它是布的，黑得很快，洗过之后也并没有恢复往日的灿烂，于是我现在偶尔能在她梳妆台的抽屉里看到这只塞满了估计三五十张卡的肥胖症钱包。

这么说来，钱包这种东西，如果不是丢失或者被盗，好像一般没有人会把旧的给扔掉，想着都不太吉利。

于是家里充斥着各种旧钱包，TOUGH用来放卡片，ESPRIT被我放在车里当备用钱包，还有后来我自己动手做的一只钱包，也放在了另一辆车里当备用钱包。

说到自己做的这只钱包，我还是挺满意的。当时刚学会做皮具不久，我便很快给自己设计了一款完全符合我个人需求的钱包：首先它要和流行的钱包结构类似，那么就是横开两折的款式；其次它要很薄，所以放钱的隔断只能一层，而放卡的位置也要尽量少，四张足够；最后它得有品质，这个很难界定，要挑尽量好的皮，要有硬度，但皮本身不能太厚，要有光泽但又不能太光滑……

我在冲绳找到了这张牛皮，它比常见的牛皮要干一点，也比厚牛皮薄，多少言语也不能描述亲手摸到它时的那种满足感。而且那块皮能用的部分不大，刚好够做个钱包还剩一点点。

我先用小羊皮裁出同样的板型做了一个示例，然后调整了一些尺寸和细节设计，再一口气用这块冲绳牛皮做了这只我非常满意的钱包。另外我决定，这只钱包，面上不打任何LOGO。

这只钱包用了几个月，终究不舍得糟蹋它，另外我还是觉得它不够小，当时的我已经被极简设计给冲昏了头，我就要最最最简单的钱包，简单到什么样呢？

我在日本的无印良品买了几个折合人民币十块钱的纸质卡包，就放两张纸币两张卡，卡包当钱包用，反正是纸的，而且便宜，用坏了一个再换一个。可惜这款卡包在中国没有销售，而且一年后我再去日本补货时，日本也不卖这只卡包了，出新款了，新款完全不适合随身带着。

还好我找到了DAYCRAFT的The Moneywrap作为替代。这是个做得极似卡包的钱夹，看它的命名也知道，人家就定位成钱夹。它由一块皮和一条皮筋组成，这块皮把钱和卡包住三折，然后用皮筋垂直捆住，done。

要的就是这样，不拖泥带水，不分门别类，反正现代人出去很多支付交易都可以靠手机完成，各个商铺的会员卡优惠券都能绑定在微信上，钱包早已经失去了意义，卡包能够完美地满足大家对钱包的所有需求。我身上最多带一张信用卡、一张身份证、三张一百块，这些包在一起也就五毫米厚，在国外时多带一张信用卡再外加一张房卡，这个Moneywrap的厚度也不会超过一厘米，而且以它的大小，完全可以掌握在手心。

尽管如此，看到好看的喜欢的钱包，我还是会忍不住想买，不然也就不会有我开头说到的全新没动过的TUMI和RIMOWA，我舍不得送人也舍不得卖掉，偶尔拿出来看看也足够开心。钱包在消费领域是个很有意思的产品，它管控着你所有的财富，但是钱包本身的价格基本不会太贵，谁都不会把它当成奢侈品来看待，即使顶着奢侈品的商标。

面对钱包，人也是很有意思，没什么钱的时候总想从口袋里摸出个超大牌钱包，还往往看不上那些二线品牌。不管收入多少，都喜欢给钱包塞满钞票和卡，你希望熟人、陌生人包括小偷都知道你真的很有钱。而随着年岁渐长，却又不太在乎这些了，旧钱包擦擦继续用，或者干脆没有钱包，就一个不锈钢钱夹夹着几张纸揣兜里出门，有时候全身上下一摸，还真凑不出买口香糖的钱。话说现在可以整天整天用不上钱包了，但是出门时还是会默念“钱包钥匙手机”，万一真没有带钱包在身边，还真挺慌张的。

几个月前在东京我又忍不住买了一只新钱包，三宅一生的BAOBAO

系列。那个黑白格的设计我实在是无法抗拒，无奈国内背这款单肩包的人太多，我不打算买和大家一样的了，于是买了个同系列设计的卡包，用来当钱包使，才合人民币六百块，这还是在日元汇率很高的时候。差点忘了，我一直强忍着没买的BELLROY那几款设计得非常非常薄的真皮钱包也差不多是这个价。钱包这玩意儿，真是好玩不贵，分分钟实现理想。

14

笔和纸之间。

上周去支持朋友的一个大会，主办方很客气地给每位嘉宾送了一套凌美LAMY的套装，其中包括一支狩猎者钢笔、一盒五支一次性墨管、一瓶墨水和一支上墨器。我曾经在德国也考虑过买同样的套装回来送人，后来因为觉得太便宜送不出手而作罢。

这样算来，我一共有四支凌美的钢笔了。加上其他品牌的笔，估摸着不止一百支了。

我曾经在豆瓣上建过一个豆列，叫作“说到文具我可以算是土豪了”，也就随手取了这名，老实说也真不算花过太多钱在文具上，只是比正常人稍微多点。尤其堆出来拍完照，发现其实也真没多少。

我买本子的数量远远多过买笔，毕竟我字写得很难看，对书写工具仅仅只能喜欢并不能充分发挥其作用。我小时候系统地上过书法班，老师夸我的书法作品不错，让我当面写给大家看，结果我是用画画的方式，来来去去很多笔反复涂抹、一点一点修改完成了一个勉强还能看的大字，气得老师把我逐出师门。

不记得什么时候开始买的第一本MOLESKINE，那两百块钱的一个小本子还是让我下了一阵子决心的。当时听说海明威、凡·高都曾经用它来书写和画画，便咬咬牙买下了，其实凡·高他们也只是用过“这种款式”的本子而已，但不可否认MOLESKINE的做工是真的非常之精致，无酸纸的质感尤其与众不同。后来我一发不可收，几年中慢慢地把MOLESKINE不同款式的硬壳本软壳本都快收集齐了，甚至假公济私地联系上其官方定制了一款小软皮本，作为Windows Phone 8.1在中国发布的纪念品，限量两百八十八本，在各种活动上作为赠品。不光是本子，他家的各款笔、各种大中小号背包和其他小附件也悉数购入。后来我想过，反正也买得差不多了，干脆把全套MOLESKINE都买齐收藏吧！还没来得及动手，这家伙就开始扩张线下店面，三里屯、国贸、芳草地、颐堤港到处开花，产品线突然拉长，什么都能出个纪念版，纪念版还分不同颜色不同大小……总之要想收藏齐全得花大价钱了。就说最近出的约翰·列侬纪念版，居然一版有五六款本子，真是想赚钱想疯了。物以稀为贵，MOLESKINE变得不再小众，这样做反倒让他们的产品失去了收藏意义。

其实在这之前我粉过一段时间的DAYCRAFT，他们家的大小本子我买得也不少，和MOLESKINE的经典设计不同，DAYCRAFT更多时尚色彩，纸张侧面也都染上鲜亮的彩色。封面也有不少主题很夸张的立体设计，总之更富有年轻气质一些，价格较便宜一些，但也百来块一本。当年微博刚火的时候，DAYCRAFT官方还找到我，感谢我帮助他们在社交网络上宣传。他们每年年前给我赠送一本在封面上刻有我名字的皮面本，这项福利享受了三年，在2014年微博式微时大家都消失了。

我现在每天带出街的卡包，还是DAYCRAFT的The Moneywrap，简洁到不能更简洁的设计，一张皮加一根绳，带上几张卡，不需要现金，也能过好一天。

这两家的本子都形成了自有的设计语言，这是在文具品牌中比较难能可贵的，也不是没有其他品牌这么做过，只是其他品牌做出的东西都一模一样，那不叫设计语言。打个比方，保时捷有自有设计语言，而德国大众只是用同一款车型设计来放大拉高压扁就生出了其他系列。

说回到笔，签字笔、圆珠笔是如今书写量有限的情况下大家最常用的笔，但其实我最喜欢的还是铅笔，画画更需要铅笔，而我小时候染上了自动铅笔情结，一直到今天，还会视那几支施德楼和红环为珍宝。而辉柏嘉的彩色铅笔也一直让我流连忘返，即使我根本用不上，根本不可能用得上，但我还是希望有朝一日能把那套数千块的多层彩铅套装扛回家。

难道还要画《秘密花园》不成?

MOLESKINE的无酸纸确实书写起来会很舒服，尤其是搭配他们自家的笔，而且奇怪的是，他家的笔在别家的本子上写着就很无感。MOLESKINE的笔截面都是方形的，不论铅笔、圆珠笔、签字笔，拿着写太多字手便不舒服，我还买了他家最贵的那只重金属签字笔，分量满满，看着虽然低调，但是确实很有握感。

MUJI的签字笔很好写，就是看着寒碜了些，开会签合同拿出来不太合适。还有非常多好写的签字笔都败在外观上，它可以没有响亮的品牌，但是一定不能花花绿绿。这么看凌美就注定只能日常使用，大胆的颜色加简单的造型，即使是高价的签字笔，它的奔放形状也让人望而却步，确实，美貌有余，稳重不足。

出乎意料的是，很多酒店客房的笔出奇地好用，比如香港朗豪坊的、西雅图四季酒店的，还有好莱坞罗斯福酒店的，这些我都厚颜无耻地顺了回来。虽然只是再普通不过的耗材级圆珠笔，却恰如其分地得心应手，大概是从那些特别的酒店带回来的特殊氛围在作祟吧。我不是专家也不是偏执狂，也懒得把每支笔拆开看看笔芯是谁家做的，既然好写，就留在手边眷顾。

在朋友的推荐下买过一支国产的手工签字笔，黄铜加梨木外壳，施耐德笔芯，手感颇重，看得出匠心所至，但是拿着写字颇有压力，也不知为何。其实有一支圆珠笔非常好写，那就是一般只出现在国际航班的免税商品目录上的施华洛世奇水晶笔。原本我以为它空有看相，买了之后才发现尽管很少女心，但是书写起来确实让人爱不释手，虽然笔尖不细，但是笔身的粗细和重量都刚刚好，恰好重心平稳地划过纸张。我相信这只是在我手上的巧合，这样的人造水晶品牌应该不至于认真研究过笔的构造吧。

钢笔是真正爱笔人的终极追求，我当然算不上，我只是凑凑热闹。2009年买了第一支凌美，当时觉得真是高大上啊，可现在，再看到有些号称文青的产品在新品发布的宣传图上辅之以凌美钢笔作为点缀，都觉得汗颜——那毕竟是最低端最入门的塑壳钢笔了，反倒有些弄巧成拙。

喜欢钢笔的人至少会有一支万宝龙，不好意思，我只有万宝龙的表。万宝龙的大班笔在我看来都太过成熟，不签一张上百万的支票都不好意思拿出来拧开盖子，哪是我等能驾驭得了的。后来万宝龙也玩起了时尚，推出了M系列，看着是亲民很多，而且价格也很亲民，但是那个经典的勃朗峰雪顶给去掉了，变成了镶在侧边的LOGO。我想对很多人来说，没有了雪顶的万宝龙，也就不是自己真正喜欢过的那支万宝龙了吧？

钢笔这东西，重要的是适合，再贵的笔，即使金笔镶钻，拿在手上而主人没有相应的气质，想想确实有点尴尬。

读书时买过派克，长大了便再没关注过派克。辉柏嘉的各种不同款画笔买了一堆又一堆，在德国时，我徘徊在辉柏嘉专柜不肯走，总觉得我应该带走一支梨木钢笔外加笔盒才对，到最后忍住了。既然用不上，那就缓缓再买，我也不是那种真正花钱如流水的大款。在巴塞罗那，作为纪念品买了一支高迪同款蘸水笔，既然是纪念品，可想而知不可能好写，带回来供着就行。

现在我随身一般带着四支笔一个本，MOLESKINE的米兰世博会纪念款圆珠笔（在米兰买的），施德楼的自动铅笔，PARAFERNALIA的圆珠笔，还有一支专用于iPad的53，都装在MOLESKINE的黑色笔盒里。另外我还亲手做过一个黑色NAPPA皮的笔袋，仿的施德楼款式，那个能装十来支笔，一般也不带出门，没什么使用场合。随身带的本子要么是MOLESKINE的小软皮记者本，要么是MIDORI旅行者长本，什么都能夹，但其实纸质写着并不舒服。

刚才提到了iPad上用的触控笔53，这是个设计独特的玩意儿，在Apple Pencil出来之前这算是在iPad上最好用的一支笔，用其绘画手感很好，但是写字则一般。而在53之前，我买过另一款独特的触控笔叫作Jot Pro，笔尖有一个圆珠笔头大的小球套着一块圆形透明感应片，这样既照顾到了触控需要的面积，又没有遮住使用者的视线，而且笔头的感应片还能自如地随着书写角度而自由转动，实在是设计巧妙。而且这支笔还自带磁性，能吸附在iPad侧面，当然，也会和我其他的笔吸在一起。我包里一般带着个iPad mini，它不支持Apple Pencil，但是用着Jot Pro也完全媲美Pencil了。还有两支笔很有意思，一支是3D打印笔，其实并没什么卵用，另一支是Kensington的演讲笔，设计非常有档次，除了翻页红外等基本功能外，笔尖还能用在触屏上，笔盒也特别棒，所以我外出上台一般都用它。

零零散散写了这些，抬头看到眼前书柜里那一排排的MOLESKINE、小协奏曲、九口山空本子和盒装的大牌小牌的笔，其中还乱入了很多莫名其妙由来的东西，知名设计师小火自己定制的设计师本、搜狐的年度本、SONY的1992年纪念本、马尔代夫的木头笔和本子套装、阿里的淘宝的雅虎的各种大本、时尚集团仿DAYCRAFT的纪念本（这太不应该了），还有封面是月之背面的不知什么牌子的小本子，看着喜欢就买了。还有一本光合作用的2011年绿色手册，被我疯狂地掏空了一台iPhone4的大小，用来装手机用。光合作用书店都早已经关门歇业了。

如今字都敲在了电脑上，画都画在了iPad里，本子和笔只用来写To Do List，我曾经还抢注过一个域名benzi.com.cn，养了几年又任其过期了。这些囤货我估计有很多很多在有生之年都不会拆开来用，偶尔会挑其中一两件送人，但是总数仍有增无减。花在这些东西上的钱，光MOLESKINE应该就差不多两万，想想却没觉得肉疼。在文化上的投资，大概是人最容易说服自己坦然接受的一项投资——即使只是看起来好像是花在了文化上。

15

买买买和卖卖卖。

又是一年双十一过去，我吃惊地发现五年前还是六年前淘宝第一次做双十一的时候买的纸巾还没用完。

这次我一件东西都没有买，完全没有了购买欲。没什么想要的，真想要的，也早就有了。就和上个月去巴黎一样，在眼花缭乱的老佛爷和香榭丽舍逛了几天，我就买了一双鞋，其他的什么都没有兴趣。或许是因为这一年来太自由散漫，没有固定工作的状况下收入锐减，导致物质上跟不上来，不过好的一面是，自己居然能慢慢控制住物欲了，也算是进化到了更高尚的一个层面。

买买买是正常人满足物欲的最直接途径，只要有能力（兜里有足够的钱），大家往往希望能消费掉（兑现价值）；但是如果有其他的生存压力，比如房贷或者医疗开支，那么消费就会变得很谨慎；于是当高收入和低压力相搭配的时候，人就有了买更多东西、买更好东西的需求，现在流行称作消费升级。消费升级的问题在中国这种地方更迫切，因为我们的消费能力增长太快，但之前市场上的大部分产品都质量低下——我指的就是那些国货，低成本、高污染、零设计。

最近写东西效率很低，因为在忙着一件事情：凑钱还款。很多人听到这句话的回答都一样：不可能吧！朱老板你会没钱？

我从来没表示过我很有钱，我是能赚钱，我也能花钱，所以如果“有钱”是一个表示高储蓄额的常态的话，我基本上从来没有过“有钱”的状态——更何况我还三番五次地和很多个能成为千万富翁的机会擦肩而过。

喜欢就买，不行就分，多喝点水，重启试试。曾经这四大真理很有效地指导了我的生活，我是个不存钱的人，但我从不认为我是个乱花钱的人。我买[illegible]大部分东西都拿得出手、用得够久，基本上都对得起刷的每一次卡。

其实我还是无比怀念之前高收入的在职状态的，那时候到手的现金多，房贷有公积金能撑一半，想买什么都能很潇洒，若有两件东西纠结的，干脆就都买了。还有一些类别是工作刚需或者可以报销的那就更不用说了，电脑和数码产品都挑高配买——而如今，很多东西都得计划着买了。我甚至发现了招行居然有十二期免息买苹果这么好的事情，以前可从没注意过！

我从买买买的状态直接切换到了卖卖卖。还好之前囤积的物产丰富，已经帮我度过了几次旅行回来之后的青黄不接。每次为了还信用卡，我都要琢磨：这次卖些什么出去呢？

这就要从1998年开始说起了，那时候我高三，就已经通过在校园里卖磁带赚到了一些钱，这么些年来，正儿八经地做过的生意居然近十种：磁带、企鹅公仔、手表、漫画书、MP3、移动硬盘、域名主机VPS……我说的正儿八经，自然是以代理身份进货销售的那种，不是一两个地卖。

都是些小生意，如果没有垄断地位的话，低买高卖始终赚不了太多钱。买和卖只是物质交换的基本方式，也是因为以物易物的需要才催生了货币这种东西，直到现在货币居然成了人类衡量绝大多数东西甚至是一切的标准，可怕。

镜头卖了，微单卖了，即使这样，还留下两台相机；电脑卖了三台，还剩三台；手机还有一堆，也都卖不出价，算了；最能换钱的当属耳机，但是任何一副都不舍得卖，与之搭配的几台无损播放器也都没舍得出……总之越到后头，剩下的要么就是单价不太高的，要么就是实在不舍得卖了的。这时候总是告诉自己，开源节流，钱，还是得去赚的，靠变卖窝里的东西始终不是个事。

想到之前那些年卖掉的一些二手好东西，很多年后又以收藏的心态买回了同样款的全新未拆封的，它们被收进我的书柜里，仅仅用于满足占有欲。

其实双十一也并不是什么聪明的花钱节日。有句话是这么说的：如果你买一件东西是因为喜欢它，那么不管它多贵，只要你负担得起，你都没有亏；但是如果一件东西你只是因为它便宜而买它，那么花再少的钱都是亏的。很明显，双十一的绝大部分商品都属于后一种情况，因为前者你都早买过了，不会等到这一天。

无论如何，为物质所困的人还是可怜的，我说的是我自己。追求内心平静不是简单一句话能实现的，眼看着一年又过去了，年初的豪言壮志如今都在delay。世间的一切都是交换，当初我把时间都卖了用来换钱，而现在不上班的我有了足够的时间，可以干任何想干的事情，却发现了新的苦恼。但是如果让我回头再去上班赚钱，我始终是不太愿意。

那些不能用钱解决的问题，才真正叫作问题。

16

每个人都有一个收藏癖。

收藏是不是人的一个毛病？

小时候我们收藏卡片画片不干胶，还有港台明星海报。到长大了物质资源富足了，我们开始收藏各种曾经想买买不起想摸摸不着的东西，喜欢就买，喜欢这个系列就买齐一个种类，喜欢一个品牌，就干脆把这个品牌的经典产品都收了，也不再管是不是真的喜欢产品本身，不管是不是需要它。

需要？还谈什么需要，收藏本身就是件很盲目的事情。

收藏是不是对社会资源的一种浪费？

我想起一位大学时期的朋友，十多年前去他家玩时，看到他收集了满满一书柜的盗版盒装DVD（那时候正版DVD资源并不丰富，能买到国外DVD的渠道也不多）。他一本正经地向我介绍，他有收藏的喜好，他喜欢电影，但凡喜欢的影片他都会买DVD来珍藏，而且都是D9的。我没吭声。

论收藏的话，好歹也应该收藏正版的吧，收藏盗版算什么爱好？

我能充分理解有些人是有收藏癖的，比如我自己。我年幼的时候收集了几乎全部的黎明的正版磁带，费尽我年少的心思。而突然有一天我不再需要它们（时代也不再需要磁带），便任由它们在南方家里的某个角落里发霉。同时发霉和慢慢消失的还有当时我珍藏的一些电影光盘，那还是VCD的时代。

当我有了第一块大硬盘的时候，我也想方设法各处下载各种我曾经喜欢的经典电影，就算不再看，也可以收着。再到后来，发现那些RMVB格式的影片清晰度都太差，于是又都替换成720P的继续收藏。再到然后，家里宽带到10M的标准了，于是开始把720P都替换成1080P。而如今，家里的光纤已经是200M的了。

有几年我经常在香港过年，HMV则是必逛之地。看着琳琅满目的唱片和电影光盘，我突然觉得以如今的生活品质，我是不是应该把我喜欢的电影都买一张蓝光的收藏呢？或者如果有3D蓝光的也应该买上。

我还算理智，那一瞬间想起我曾经收集过的那些东西，那些再也没看过但是一直存着等下一个版本来替换它们的各种精彩资源。我知道这些蓝光会再被替换成4K，4K也会在五年内被替换成更疯狂的东西。

收藏的不光是这些，我有很多各种各样的笔记本和笔，虽然我字写得并不好，但是我对于纸和笔这样的精致文具一直情有独钟，就是喜爱，没有办法。我的那些文具加起来也花了好多万了，买的那些书和漫画每次搬家时都让我非常着急。还有那些古老的索尼WALKMAN和老款全套全新的iPod们，它们有其价值但是却把资源白白占用。我把我从世界各地收集齐全的Apple Product Red系列的红色产品一字排开在书柜的展架里，自己时常抬头看看，朋友们来家里玩也能鉴赏一番。有一段时间我也把索尼经典的WALKMAN EX系列尽量多地收集，什么颜色的都要，也在书柜里摆满。毕竟EX系列代表着索尼在磁带随身听领域内的最高水准，那些机械在今天把玩起来仍然会被其创造力给震撼到。我甚至想过开一家以随身听为主题的咖啡馆，无论索尼还是苹果还是什么其他品牌的产品，只要有足够的文化沉淀和历史底蕴，都可以成为这个咖啡馆的展品一部分。

直到我认识了另外一位朋友，这位朋友是全球索尼随身听藏品最多的玩家，包括WALKMAN、Discman和MD。

老实说我非常害怕去他家，因为一旦走进他的书房，那一天的时间就没了。我常常被困在那满屋的随身听中挪不动脚步，他所有的藏品都有完整的包装，都是全新未使用过的机器，他没有其他的产业，自己有一家公司，赚的钱全用来投入到收藏之中。偶有知己前来，他便不厌其烦地戴上白手套把珍爱的机器一台台拿出来，细心讲解其历史以及自己是如何得到它的故事。

那近万台全新的宝贵收藏，可不是几天的时间就能讲完的。他把他在任何渠道能看到的全新随身听都收入囊中，不管自己是不是已经有了重复的，因为这些东西毕竟收一台少一台。所有型号他都已经收集了所有不同颜色，以及在不同国家发售的不同包装及配件。他的书房里，从地面到天花板全都是随身听盒子，每天他便沉浸其中，感受着自己的快乐。

据他说全世界排名第二的收藏家远在北美，他们二人之间已经达成了某种默契，互通有无，并且不哄抬价格。我想，这种无敌，多多少少也伴随着一些落寞吧。偶尔有朋友前来，或者媒体来采访，以及日本索尼总公司的高管来拜访，便是他家最热闹的时候。我若有一段时间不去，他便会在微信上撩一撩，说：朱老板，来玩玩吧？我又收了新的东西了。

后来我又认识另外一位朋友，他在江苏，他手上的Apple产品非常丰富，其中iPod系列产品已经全部收藏齐全，而且是百分百全新没拆封过的。iPod和索尼随身听的最大的不同处在于：索尼所有的机器目前还能够运转，因为它们都是外置电池（条形电池或外接五号电池），而且由于机器可以被拆开，所以你能够看到内部机械的完整结构，去体会它们精妙的工艺。但是苹果的产品，都是一体化成型的外观，电池封装在里面不能轻松替换（出厂四五年后的机器内置电池本身已经无法充电了），打开机壳势必毁坏外观，而且iPod是电子化时代（2000年之后）的产物，内部只有电路板，没有会动的机械——索尼随身听和iPod的内部结构相比，就像机械手表和电子表。再有，收藏的最大的问题是，当年的索尼产品包装盒外面都是没有塑封的，那时候塑封不是生产和运输标准，这就意味着即使是全套全新的索尼磁带机，你也是可以打开包装盒把机器拿在手上鉴赏的。在早几年，江苏的这位朋友手上收藏的都是已经打开塑封，但是未经使用的苹果产品，那时候他还能偶尔把机器拿出来看看。后来随着收藏欲望的慢慢增长，他渐渐开始收藏全新未拆塑封的产品，然后把那些已经开封的出售给真心需要的人，比如我。从此之后，这位朋友再也不知道自己满屋的iPod原封盒子里的机器长什么模样，他再如何心痒也不能打开那些塑封，打开之后这台藏品就折价一半。

而我倒是能随时拿一台iPod出来看看，甚至插上电源开机听首歌。

我们以各种爱好的名义占有资源，然后浪费资源，却很自豪地不知悔改，还自鸣得意。我们仅仅知道我们为什么要它们，但是不知道自己是不是会充分地使用和发挥它们，凭着无知和盲目就陷入到了贪欲的旋涡里。

我们会想方设法为收藏这种顽疾找借口，比如索尼的随身听现在看来就是实打实的硬通货，不管外汇行情如何波动，你总可以在ebay这样的全球化平台上卖出一个标准价格甚至抬高价格。不管明天会不会战乱，国家经济形势到底会怎么样，只要你收藏的东西具有全球价值，而且其价值能被明显观测到并且被广泛认可，你的财富就永远安全。当然一些可以被轻易再度量产和复刻的产品显然不属于这类价值收藏，但是无奈我们还年轻，我们收藏的东西就是自己喜欢的东西，并不是出于投资目的去做的。

在我们这个年龄阶段，其实还真没太多能够拿得出手的。有一些价值收藏品摆在眼前我们也不屑一顾，因为毕竟我们对它们可能也没有太多的兴趣爱好，文物对我们来说不够潮流美观，古董家具你首先得有个大房子并且一家几口人都得同意，金器银器也变得俗不可耐，而最流行的数码产品却往往都不具备收藏价值。近几年很多人喜欢玩手串，甚至他们也收藏，这我就无话可说了。手串这样一种作坊产物，它在外观和设计上都完全算不上潮流，而且也是一种要多少就有多少能够不断量产出来的廉价产品，不管是大的流水线，还是小的个人作坊都能够轻松打磨出来，这样的东西哪儿来的任何价值？

还有些人喜欢收集不同属相不同星座的女朋友或者男朋友，这是另外的话题，这种怪癖，简直是莫名其妙了。

我甚至更愿意把收藏给归纳为一种病，你耗费着你自己手上为数不多的资源，去抢占那些其实你收回来之后就再也用不着的东西，仅仅是为了满足你的个人私欲，这就是一种病。但是碰到喜欢的东西，确实让人难以克制，男人收藏数码产品，女人收藏衣服鞋子包，大家各自都要有一个奔头，似乎这样才能塑造个性、才能找到自我。其实这种病我们从小就被传染了，20世纪80年代生的人可能都经历过那段时间，突然而来的一阵热潮席卷了祖国大地——邮票。方寸之间的一块纸片，以及盖了戳的首日封，传递出那么多特别的信号及文化，更别说一张面值几分钱的猴年邮票能炒上好几万块，那是我周围人群的收藏意识的初次启蒙。邮票我不多，但我手上还留有我去过的无数个国家的硬币，这不太值钱，但在那么小的面积上以金属的铸造工艺把该国的特殊图案及故事凝聚其中，其实也是一种文化的象征。我最喜欢的还是冰岛硬币，虽然其货币现在不太值钱，但是每一个不同面额的硬币之上，都雕琢着不同的各种鱼类，这比美国中国还有泰国的硬币有意思得多。美国的硬币基本上都是放着他们总统的各种头像，泰国的自然是他们永远英俊永远年轻的国王，政治意味都太过浓郁。一种货币代表一个国家，加上一些政治因素当然也无可厚非，不过作为游客来说看法就不尽相同，游客更希望这样一种东西能够传递着当地的风土人情及地理风貌，这样才更具保留价值。

存钱也是一种收藏癖，收集着那些一般等价物符号，却不好好发挥它们的用途，任由这种贪欲操纵着我们盲目地过着每一天，还说服自己努力地实现了人生意义。别说你存钱买了房子，别说你创造了多大的企业提升了多少就业率，你只是不知道自己该干什么，只是在已经规划好的道路上一天天往前挺进，不能越轨不能倒退，一定要富甲一方并且听到万人欢呼，这根本算不上是对人生的追求。

玩乐高也是一种收藏，收藏电影光盘也是一种收藏，买耐克鞋也是一种特别的收藏，只要你喜欢你有精力去折腾，你都能找到你的兴趣方向去大肆收集那些故事。其实你在豆瓣上把看过的电影看完的书标记出来，也是另外一种收藏，只是这样的收藏更节省资源和成本。这么说来拍照是不是也是一种收藏？我们把去过的地方见过的风景全都通过相机镜头收集到硬盘中，在回味的时候再拿出来。那么，所有创造作品的过程都是一种收藏，包括文字在内。写作也是一种收藏，我们把脑海中想到的各种各样的点子，通过文字和图像的方式记录下来，传播给其他人。我们通过不断地收藏，让自己的阅历变得更加丰富多彩，让自己的谈资变得更加生动有趣，更让自我的价值得到提升，人的一辈子也就是不断去体验各种传奇经历并且渲染成故事再分享给他人的过程。

保时捷和新能源

一年半前，我决定把开了五年的旧车卖了，换辆新车。

我居然直接跑到保时捷中心去了一趟，也是因为去了这么一趟，才知道保时捷的4S店不叫4S店，叫保时捷中心。我试驾了一圈保时捷的新SUV Macan，和销售聊了聊报价加配以及分期，俨然一副马上就要入手的样子。

是的，和我之前估算的一样，我手上的钱，加上卖掉旧车能拿到的钱，刚刚好够这辆低配SUV的首付，一分不多，还差一两千块。

我假装信心满满精神抖擞地告别了销售，留了个电话。如果我接下来半年能够不吃不喝不还房贷不出去旅行不买任何数码小玩意儿，我当天就可以下订单了。

可我还得活啊。

第二天和老朋友吃饭，和他说起这番雄心壮志，换来一副冷笑的表情。

“你这没孩子要养的人啊，真是敢想。咱们又不是大富大贵，又不是富二代，你从本田升级到保时捷，敢想！也不怕太招摇啊？”

那时候我刚翻译完frogdesign的创始人艾斯林格写的*Keep it Simple*，中文名确定为《极简设计》，已经在印刷了，马上要出版，书的内容说的是艾斯林格在20世纪80年代帮助乔布斯设计苹果电脑的故事。我提到这本书，不是因为书的版税够我买新车了，而是因为作者在原书中不断提到保时捷，他老人家认为保时捷是汽车中设计最精美的，其简洁的线条和优雅的弧度，才是现代设计该有的样子。似乎乔布斯也同意他的说法，他说，要把苹果电脑做成电脑产品中的保时捷。

完成这几个章节后，一个想法在我脑海中挥之不去：我一定得买辆保时捷，我一定得在我肚子还没鼓起来之前买辆保时捷，我一定得在我还年轻时买一辆保时捷。

或许这就叫作：执念。

朋友对我说：“你怎么不考虑一下特斯拉？”

我不是没有考虑过，虽然特斯拉的内部还算精美了，但是其外形还有待打磨。况且，特斯拉算下来不比保时捷便宜。

没过多久，特斯拉中国找到我，把新改款的Model S和鹰翼门的Model X各借我开了一阵子，一是为了让我抢先体验，二是让我帮着做一些线上的传播。一般的汽车媒体和评测实验室都只能在特斯拉中国的工作人员陪同下试驾几圈，顶多开半天，而我却享受了无上待遇，直接开回家去了，过了一个礼拜才还。那时候Model X刚开售，街上几乎没有，那辆X我开到哪里都是众人的焦点，弄得我都不好意思开关车门——后面两个车门打开时就像要展翅高飞，实在是太招摇了。

还了Model X后，我已经没法开自己的车了，虽然我后来换的新车也不差，另外家里还有一辆小MINI，但是这些车再开起来都嫌普通，不过是往前跑而已，在北京也加不起速度，为了不给交通添乱我也不爱超车，于是车真正变成了代步工具，无聊至极。

我认真考虑起新能源，考虑起电动汽车。

我曾经给MINI做过两年的科技顾问，对汽车行业有一些了解。车内中控的科技目前落后于互联网科技大约五年，当我们周遭已经泛滥着移动互联网和智能硬件各种产品时，各大品牌的汽车内部顶多也就是实现了蓝牙、U盘MP3和语音控制而已。这对大部分人来说没什么大不了，但是对于我们这一类科技行业从业人士，却是极大的悲哀。自己花了好几十万买回来的大玩具，竟然不如几百块的东西那么聪明。后来我和奔驰中国的一位高层聊到这个，她更是滔滔不绝，他们自己也对固化落后的行业模式感到担忧，如果不是特斯拉来搅局，这个状况还不会有任何改观。

国内的电动汽车就不好说什么了，大部分都在骗新能源补助。即便真在研发电池的企业，在智能控制上能够实现的也很有限，所以新能源目前还只能看特斯拉。充电并不是问题，一辆特斯拉，低配能续航三百多千米，高配近六百千米，对于市内使用足够了，充电桩也越来越多，好一点的商场和写字楼的地库里多少都有几个充电桩，甚至还有些是免费的。我们就不扯什么环保了，越来越多的人意识到电动汽车的环保只是个伪命题，生产电池和回收处理的过程中，污染一样存在，并且不比汽油污染少。当然，放在中国来看，电池多少还是更环保一些，谁叫我们的汽油质量名不副实呢。

不久后，那位朋友来找我吃饭，把他新换的白色保时捷Macan停在我眼前。

“怎么，当初谁说过我敢想来着？谁说我不怕招摇来着？”我对他说。

他让我总结一下对特斯拉Model X的驾驶感受，性能什么的我想不需要我多说什么了，至于整体体验上，我只能说：X办下来差不多一百万，如果一百万在手，我还是会选择买保时捷，不犹豫。

不过还是不要SUV，得买个小跑车，911买不起，718就挺好，那线条才叫优雅。

我知道电动汽车是大势所趋，也为特斯拉的自动驾驶而着迷，但它缺少踩下油门的轰鸣马达声。作为工业产物，汽车代表着一个燃油时代；作为交通工具，它又代表着身份和地位；作为科技产品，它又象征着速度；而如果从艺术品角度来看，它又代表着人类对金属的完美塑形。电动汽车是实用主义的产物，空间大能耗小，环保只是附加属性。而人类已经烧油烧了几个世纪，烧出了一种文化，商业和经济容易改变，文化却更加根深蒂固，所以才会有我这样的人，一直以为自己比较新潮比较前卫，但在汽车的问题上，向往高科技却又抛不掉燃油发动机。

当然我不是真正的守旧派，我知道迟早有一天我会换一辆某品牌的电动汽车，但那不是现在，那一定是在我享受过自己的保时捷之后。毕竟，新能源才是未来，现在只是未来降临前的一阵黑暗时期。

朋友驾着他的保时捷扬长而去，临走前说他家另一辆车打算换特斯拉了，我说这样是对的。

人多少要好高骛远一些，那才叫追求，当然是在有能力好高骛远的前提之下，而生活也要务实一些，毕竟活着原本就是件很踏实的事情。如果能把好高骛远和脚踏实地结合起来，这才是稳定的进步状态，这才是我们努力去寻找各种方法以换取更好生活的动力。为了那辆买不起的保时捷，为了那辆并不实用的保时捷。

在时计里。

过了一阵子没有手表的生活，起初觉得手上空空的，慢慢也就习惯了。

刚开始工作不久，我买了一只swatch。也正是因为买这只表，我结识了“表哥”，他当时刚开始在网上卖瑞士手表，多年后他已经稳坐淘宝天猫京东等渠道的销量冠军。当年我买的那只是swatch的超薄新款，戴上几天发现男人的表还是得有点分量，不能太薄，于是把它搁在一边，渐渐也就淡忘了。

那年swatch请了风头正劲的李宇春做代言，“表哥”安排我去参加和李宇春一起的滑雪活动，近距离接触了春春，从此路人转粉。一眨眼这已经是十年前的事情了，大家也都长大了，而在那之后我也没再买过swatch这个级别的手表。

打小就看着父亲修表，我对手表一直有些小好奇和小追求。经济实力不够的时候我不太会去想这些东西，而随着职位越来越高，收入越来越丰厚，手腕上的东西似乎不能再随便对付了。我也开始去研究手表的品牌定位和价格水平，去学习月相和三问、陀飞轮，越研究越知道，这不是工薪阶层玩的东西。经常见到有人说成功人士的手表应该相当于月收入的三倍价格，而据我日常的观察，根本不是这么回事，我怀疑这是手表商随口杜撰出来的伪信条。

职场中大部分人佩戴着浪琴或雷达，而一般工作年限不长的人戴天梭，偶尔会看到有些资深人士佩戴欧米茄或者IWC，女性高层会佩戴卡地亚或者积家，但能戴着劳力士或者江诗丹顿来上班的，至少我曾经所在的几个行业都没出现过。粗略一算这些手表应该都只刚好相当于当事人的月薪或者不到两倍月薪，若是真按照三倍收入来买表，那得华丽到什么样子。

很多人不赞同一定要追求名牌，我也不赞同凡事都迷信名牌。但如果是买手表，不买名牌还真不如不买。手表的名牌也不是一定都贵，香港及日本很多的银行职员和商超店员，佩戴的都是卡西欧，而且普遍是电子表。服务行业的工作人员似乎对日本表特别有偏爱，做工精致而且售价便宜，几百块就能挑选到称心如意的。日本品牌的手表普遍都没有能算得上奢侈级别的，而做工精细程度一点不差，这大概和这个民族的内敛认真有关。

这个世界已经和十多年前我刚工作时不一样了，已经不会有在职人士佩戴swatch了，不知何时起它变成了一个略显幼稚的品牌。

回想起自己对手表的深入了解，就想起了2008年的一次机缘巧合。那时候我沉迷摄影，阴错阳差被推荐给了瑞表集团华北的公司拍摄几个瑞士手表品牌的新产品照片。那个夏天每到周末我就跑到他们的仓库，库管员把大锁打开，总价值过亿的数千只手表就展现在我眼前。我依照事先计划的清单，把当天要拍摄的手表从库房领出来，完成拍摄之后再送回去。

拍静物照的过程很无聊：把时间调到十点十分，在表架上固定好，再放进拍静物的小棚子，按照已经调好的光圈快门各个角度来一张，完事。

把指针调到十点十分，这是手表拍照时最好看的角度，所以你会在各个海报和户外广告上看到每只表都恰好是这个时间。而拍摄的间隙，我都会把每只表戴在自己手上试试，看看自己到底适合多大的表盘，适合钢带还是皮带，机械表会不会太厚，陶瓷表壳会不会不够闪亮……

那几个月中我把浪琴、雷达、雪铁纳、欧米茄等数个品牌的当年新款都仔细揣摩了个够，并且成功拔了一些草。当我这个兼职摄影师最终完成任务收钱走人时，我已经练成了瞟一眼就能估出别人腕上手表价值的本领。

我说什么你都信，其实这本事并不那么难练出来，而且普通人练它也没有意义，谁都不希望自己变得越来越势利。

自从白老师给我买了那只万宝龙后，我对手表似乎退烧了不少，尤其是机械表。机械表的背透是个很诱人的设计，透过这片玻璃看到手表内部的精细运作，让人平添了几分景仰和崇拜。但是佩戴在手上除了感受到沉甸甸，没有其他特别之处，尤其对于我这种经常使用键盘工作的人，在电脑前坐下的第一件事情就是把手表摘掉。或许是设计师的职业使然，我对一些不那么贵但是外观庄重又别致的手表格外钟情，比如MOVADO的简洁到不能更简洁的黑色表盘，比如三宅一生的W系列腕表，尽管不贵却让我在橱窗前流连忘返，还有博朗的经典设计以及包豪斯风格的后起之秀NOMOS，不论旁人如何评价这些极简风格手表的质量经不起历练，我仍为之痴迷。另外让我痴迷的还有月相，和无价的陀飞轮比起来，我甚至觉得月相才是真正人性的设计。小小机芯里能塞下那么精妙的设计，让月亮的阴晴圆缺准确反映在方寸之间，除了让人惊叹之外还能泛起无尽的美好，它不像陀飞轮那样象征尊贵的地位，却代表着人对于世界的好奇和探索。

我给父亲买过一只精工表，虽然不贵但他非常喜欢。后来因为我自己喜欢德系表，又给他买了一只齐柏林飞船，但是似乎戴在他手腕上不如精工那么协调。几年前在欧洲我给白老师买过一只萧邦的石英表，我一直认为女款手表只要品牌分量足够并且好看就行，机芯什么的是其次。那块萧邦真是足够低调，低调到她戴了几年从来没有被人发现过，而对于这个品牌，我所偏爱的也恰恰就是它足够低调但又不失适当的华丽和优雅。

而数码和运动类的手表手环我则是买一只玩一只弃一只，从最早的耐克Fuelband到Apple Watch，功能性有余而总觉得哪儿不对。也曾经在一次现场节目中被问及对于智能硬件手表前景的分析和判断，我的答案是：数码产品永远替代不了传统机械手表，它和汽车发动机一样，已经变成了历史文化的一部分。即使未来科技再发达，有能力消费得起的人群依旧希望自己有一辆真正的车，并且腕上有只真正的表。

其实我一直觉得手表还有防身的功能，当然我说的不是像诺基亚那样挡子弹。很多电影及文学作品中都能看到这样的一幕：一个走投无路的人依依不舍地取下他的手表，打通最后的救命通道。这并不算是文学创作中才会有的桥段，不信你去澳门转转，逛逛各大赌场前的临街店面，数以百计的当铺里，出售的都是被抵押的劳力士和百达翡丽，价格几乎都在六位数左右。

去年年初我曾经计划，如果这一年收成不错，我就给自己买只积家的翻转表，或者不论什么品牌的月相表，都行。结果到了年底实现愿望的时候，发现自己已经很久不戴手表了。

那只万宝龙已经在转表器里待了半年，没再拿出来过。我的衬衫和正装也挂在衣柜里两年没有再穿过，自由的日子里我每天抓着什么穿什么，一身居家服到处跑，既然不用上台讲话也不用面对客户和高层，更不用面对媒体，随便怎么打扮都无所谓了。在时计里人们忙着追逐分秒，而在时计外我已经过得不知道今天是周几。

何谓时间，你跑我就追，你追我就跑。那若是不追不赶，时间又在哪里呢？

。

好友收藏的极其罕见的松下mini磁带机。

。

万宝龙手表，拍摄时忘了把指针调到十点十分这一最适合拍照的角度。

。

《我看见了幸福》，莫奈限量版，来自著名雕塑艺术家向京老师。

。

索尼的金属磁带。

B
60
SONY
TypeIV(Metal)Position Metal Bias 70 μs EQ
Advanced Modulation Control

LAURASTAR

PART 2

在路上发现自己

TAKE TIME TO WASTE YOUR LIFE

把力气花在你想要的生活上

最近四年里，或许我有一半的时间都在旅行。

在一场设计大会上，当以自由职业者身份登台的我说到我每年平均出去旅行十二次时，台下一片哗然。很多人一年能旅行一两次就已经很开心了，而我也有职位很高的朋友已经连续四年没有和家人一起旅行过了。

走得更远，看得更多。不知不觉中，我对世界的认识、对消费的判断、对人际关系的把握、对历史人文和艺术的鉴别，都已经变得和早年不同了，我或许还是那副血肉之躯，但是心境已经天翻地覆。我没存下什么钱，它们都被挥霍在了机票和酒店上，但是要论收获，我仍然会认为让人倾家荡产的旅行才是最最好的一种投资。

护照空白页越来越少，每当翻开这本伴随我久经沧桑的小本时，我都感到无比地骄傲，那些时间戳，代表着一段段精彩又亢奋的经历，象征着我远离办公室和电脑之外的那些小小成就。

而其实我的第一个出境戳，不过是2008年才盖上的。

到处去浮沉到处有床。

最近颈椎疼痛难熬，朋友建议要睡硬床，医生也如是说。确实家里床垫太软，睡上去感觉屁股就完全陷下去了，还好我们有个次卧空着，爸妈近期也不在北京，于是我抱上枕头和床头的书搬了房间。

事先没忘请示一下白老师，白老师说：怎么，我这大价钱买的金可儿床垫反倒让你不舒服了是吗？

我和她好好解释了一番，床垫的好坏和价格不一定有关系，床垫得适合人的睡眠习惯、适合人体骨骼，等等等等。总之那几晚当我睡在之前给爸妈准备的宜家床垫上时，整晚都舒畅了。

次卧的床垫是双面可用的，一面稍软，一面偏硬，父母亲睡习惯了硬床，一睡软床倒是腰疼。而我呢，以前是不太挑床的，软硬我都能习惯，不过我喜欢床体稍微矮一些，离地面越近我越安心，太高的床会让自己感觉像浮在半空，就像读书时睡在上铺一样。

我是那位睡在上铺的兄弟，从高中到大学我一直挑上铺睡，原因简单，平时不会有人坐在我床上。学校的床都是简简单单一块木板，自己铺上棉被盖上床单，就是一张硬板床。靠墙放书，靠脚那头扔衣服，枕头边常备手电筒——那时候没有Kindle这么好的东西，我几乎每天都靠手电筒躲在被窝里看书到凌晨。床靠外侧有个简易的金属护栏，每每我醒来时都是抱着护栏身子半翻几乎要掉下床，室友们为了试验我是不是真会摔下去，给我把护栏掰断扔了。结果发现没有了护栏之后，我仍旧抱着床外侧睡着，从没掉落，而另一位也拆了护栏的同学倒是真在半夜掉了下去。

回想起这么多年来，也睡过不少的床，宿舍是其一，还有更多的散落在天南海北的高高低低大大小小的床。

轮换得最多的，自然是酒店的床。以前出差很多，早些年住如家、汉庭、七天，后来WESTIN和万豪，偶尔四季，往往出差总是非常操劳，没太多心思去横向对比哪儿的床确实好多少。WESTIN的天梦之床应该是相对而言最舒服的，于是大部分能自己挑选的情况之下我尽量选择WESTIN。遗憾的是出差往往是赶项目或者准备第二天的会议，赶PPT到下半夜是很正常的事情，早上又得早起，再好的床，也都没时间睡够八小时。这么看来，这些都是浪费。

北欧酒店里的大床经常是两张小床拼起来的，日本经常只提供小床，或者榻榻米。自己从壁橱里抱出棉被来铺榻榻米的时候，总会想到那壁橱其实就是机器猫的床。榻榻米的底下是草席，又有点像小时候外婆家的床，不过乡下的床铺的是晒干的稻草，好一点的也有棕垫，那时可没什么像样的弹簧床垫。而如果不是之前在大理的客栈里睡到要拉蚊帐的床，我都早已经忘了外婆家的床也是严严实实裹着蚊帐的，而即使那样，进出的时候也难免有蚊子尾随，得在帐子里把它们一个个消灭干净了才能安然入睡。

成年以来，睡过不少五星级酒店，也没能逃掉在北京睡地下室的遭遇。当年生活窘迫时，也抠门地花二十五块钱住过一晚东三环边的地下室旅馆。那是永生难忘的一场经历，床铺上的一切我都不敢直接用手碰，我买了报纸铺满了硬床板，然后把自带的床单枕头铺上，还好那是夏天，我只需盖着薄薄的毯子。地下室的过道里不断有人走动，晚归的，还有去洗手间、淋浴房的。我一整晚不敢关灯，怕床下的蟑螂会爬上来。

很多人怕光污染，我也一样，有任何光线在视线范围内都不能安眠。以前我也习惯在睡前开着音响，很小声地在床头放着午夜电台或者某些特定的CD。刚大学毕业时很长一段时间我都是这么过来的，在没有床的出租屋里，把床垫直接铺在地上，这样我可以把眼镜和书都摆在床边的地上，随手可得，这是我睡过的最矮的床，因为它就等同于地铺，床垫旁摆着一只小小的面包音箱，放一张CD，就是最好的夜晚。

噢，不对，最好的夜晚不是自己一人独自入睡，应该还有人在身边陪伴。而最好的床却不一定是床，也说不定是沙发。

我非常喜欢睡沙发，只要长度合适，不管什么面料的沙发我都能瞬间睡着。这或许和我的童年经历脱不了关系。小时候家里房子特别小，爸妈工厂里分配的宿舍房没有我的单独睡房，于是父亲买了一条能够展开成床的二手沙发。每晚母亲打开沙发，铺上床单，我就钻进被窝，第二天起床我们再把东西都叠起收拾进柜子，沙发依旧还原成沙发，客厅依旧是客厅。后来到初中我长个了，比沙发高出了一个头，于是父亲在沙发床的一头加上一条他亲手做的长板凳，我便把这条板凳当枕头，身体可以完整睡在沙发上。这样一直睡到我高中离开家住校，后来我偶尔回家，也依旧这么睡着，数月前回老家看望他们，已经三十六岁的我还不顾母亲的阻拦，坚持在沙发上过夜，睡得很香。而此前一天，我还在市中心喜来登的两米大床上翻来覆去找不到自己该待的位置。

床太大总会让我无所适从，一米八和两米的大床总是让我感觉漫无边际，所以自己买床的时候我都要求买一米五就足够。也许我习惯了在宿舍的床上寻找危险的边缘，也习惯了在矮矮的床上去摸索放在地上的东西，抑或是睡觉时能直接握到床沿会让我有格外的安全感。一个人占用太多的空间是种资源浪费，一个人睡在酒店的两米大床正中间看着四处幽光浮动更显得极其不真实。

我的人生也总是起起落落浮浮沉沉，不管如何劳累辛苦失望悔恨，一天结束时爬上床总能多少得到慰藉。我经常会想到黄耀明的《漂流睡房》，歌词中唱着：

到处去浮沉到处有床，
新鲜的寂寞新鲜的汗，
转过了年轮转了床，
想找到极乐登彼岸。

然而爬上床的短暂宽慰并不能真正解决烦恼，我也有很多失眠的时候，床头柜里备着褪黑素和资生堂的助眠药，但是尽量不服用。每每看着天花板听着自己的呼吸耳鸣，我总会想到小时候爸妈家里的那张沙发床。不管发生什么，回到爸妈身边，回到小时候的房子，我总能一觉睡到天亮。

即使屋外狂风、屋顶漏雨。

小樽之星。

有一个手机游戏我玩了很多年了，从iPhone 4到iPhone 6，它一直是我手机上的装机必备。iPad上也装了，后来iPad mini也装了，作为我这样的几乎不玩游戏的非重度玩家来说，这已经是大大的异象了。我说的不是数独游戏，数独Sudoku我是从iPhone 1就用Cydia安装开始玩的，那更久远。我这里说的是Zookeeper，动物园管理员，一个日本三消游戏。

对我而言，世界上最好的游戏都是基于三的数学组合，比如数独、比如魔方、比如三消，我在高三之前都是小数学家，后来我念了文科，数学就只沦落到游戏的范畴了。

我玩Zookeeper最沉迷的时候，腾讯还没有出“天天爱消除”，我在很多讲设计或者游戏、社交的会议和沙龙上，都把Zookeeper的截图和游戏模式放进PPT里介绍一番。它的玩法类似于天天爱消除，但是比后者简单，并且社交模式异常直接。两位选手在线上相遇，先互相敬礼问好，然后开打，典型日本人作风。我当时确定国内很快会有这种搭载社交的三消游戏，果然一年多之后天天爱消除风靡南北，而我也暂时放下了Zookeeper，在天天爱消除上每周争夺第一。天天爱消除的动效节奏稍快，玩起来会更痛快一些。因为有三年的Zookeeper经验，爱消除刚出来我便玩得很溜，左右手两只大拇指分管左半屏幕和右半屏幕，一左一右确保消除声永不停摆。爱消除的音效非常棒，后来才知道果然是我一位多年老友的作品。

跑题很远，其实在去到北海道之前，我只是知道小樽这个地名，我甚至连岩井俊二的《情书》都没看过，半年前我补习了一次这部经典影片，看完又觉得似乎多年前看过。而在Zookeeper这个游戏中，我经常遇到一个叫作“小樽の星”的玩家，因为这是个日本游戏，所以日本玩家占绝大多数，我和小樽之星的成绩总是不相上下，五局三胜的比赛我们常常出现平局。按照他的作息时间猜测，我总是会想象对方是个小学生，晚上做完作业便可以玩几盘游戏，然后北京时间晚上十点（日本十一点）之后便再也碰不到他上线。我脑海中甚至会模拟出他的形象，一张圆脸、锅盖头、白衬衫、蓝色短裤，坐在榻榻米上抱着手机全神贯注。

有段时间我和白老师玩爱消除去了，把Zookeeper扔在一旁几个月，回来再玩发现还能偶尔碰到小樽の星，看来他的成绩也一直在徘徊中。我几个手机和iPad上都装着这个游戏，所以自然有在练小号，玩小号的时候也偶尔能遇到他，我和白老师的小号名字取得各有千秋，什么“饭饭爱购物”“妞妞爱打牌”“鸡蛋羹”……这时候我总是痛恨这个游戏为什么不把社交再做强一点点，让我能发送消息给小樽の星，告诉他：靠你叽哇（你好）！是我啊，我是那个“扣肉”啊！

不知道从什么时候开始，我们越来越忙，慢慢地没有时间再玩游戏，每天开会、画图、做饭、开车、应酬，时间都在缝隙中慢慢没了，连好好看个电影的时间也没有，游戏也更没有时间玩。我每天大会小会外加各地出差，晚上的时间也多数用来看书和做PPT，白老师则在厨房里潜心研究厨艺。每次我想把两台闲置的iPad都卖掉时，就会突然想起还有各个小号的成绩在里面，于是又不舍得卖了。

我终于辞掉工作，把时间都还给自己。我定好了去日本一个月的计划，从南到北，一站一站去体验。北海道定了三站，函馆、札幌、小樽，这时候我想起了小樽の星。我打开Zookeeper，玩上很久都碰不到他，我给闲置得早已空电的iPad充上电，登上小号，和白老师并肩两人一左一右玩一台设备，也再没有遇见他。我说也许他的级别涨得太高，我们再也碰不到他了。白老师说，也许这孩子要考试了，考试前一段时间妈妈不让他玩游戏了。

我不甘心，又自己玩了一整天，未果。然后我把我的数据在Game Center备好份，重建了一个新账号，给自己取名“小樽の星”，我捧着手机拿给正在厨房的白老师看。

“你看！这是谁！”

“呀！小樽の星！”她喜笑颜开。

不过很快她也就反应过来那是主场的名字，是我自己取的。

半个月后，我独自拖着行李离开函馆，坐上JR往札幌去。我买的是非固定席车票，车厢里挤得满满的，过道里都站满了台湾旅行团，一路上聒噪无比。火车经过洞爷湖，经过登别，经过苫小牧，经过新千岁。沿途风光虽好，无奈我刚去过冰岛，这些尚不足以吸引我，不知道没机会去到的富良野花海是不是真能让我惊叹，但目前的时间并非花期。原本我在札幌订了房间，但到了札幌之后我并不想进市区了，我把行李箱寄存在札幌站，买了一张票直奔小樽。

我觉得我来北海道的目的，就只是小樽而已。

从札幌去小樽的铁道北面紧挨着海岸线，坐着平视窗外，就好像火车在海面上平稳驶过。走出旧旧的小樽站，一条大路直接通向海边，在接近水边时，我看到了著名的小樽运河，以往从照片上看到过各个季节的小樽运河，夏天冬天各有风味，尤其是冬天盖着厚厚的白雪时，难怪《情书》要在冬天选在这样纯净安宁的地方拍摄。而此刻眼前的运河其实短得可怜，都不如北京路边排队进站的公交车们长。从运河往西，小樽的手工艺街真不容小觑，小樽的特产，玻璃制品和木雕，每样都很精致，琳琅满目，让人应接不暇，我买了不少手艺精细的木头制品，木制小辣椒简直能以假乱真。逛得正来劲，各个店铺开始收摊关门，那时才五点半。等到了六点，整条古色古香的商业街几乎只有我这一个游客了。太阳还没落山呢。

我走在起了风的小街上，往市中心的旧银行建筑和旧铁道设施走去，那儿稍微多几个人，不至于寂静得恐怖。如血残阳把不高的建筑和铁轨上的锈印照出红光，似乎这一二十年来，小樽这个地方再没有往现代化发展。而这座城市，也和它低调的名字一样，藏着如同木雕那样的厚重文化，但是兀自躲在角落，孤芳自赏。我想，我应该冬天再来一趟。

这时候白老师发来消息："你找到小樽の星了吗？"

我回复她说："小朋友长大了，也许去东京上大学了吧。"

带上自己去巴黎。

列车从里昂车站开出，前往日内瓦，这时我才翻出了随身带着的那本书，在巴黎待了一周，居然还没翻开看过一页。

这是一本老派文艺青年（如今应该是文艺老年）写的关于巴黎的游记，在从北京出发之前我翻了一下，不得要领。旧书质朴的装帧也没能吸引到我，反倒还显得有些土气。无论如何，现在想来我庆幸自己带上了它。

窗外的田园风光不如新西兰南岛那般迷人，也不比美国西海岸一号公路两旁更辽阔，我发了一会儿呆，最终翻开了这本书。

于是一发不可收。

当我在老佛爷百货陪着夫人买包时，从没有想到过它和那位改变法国命运的拉法耶特侯爵的必然联系；而当我数次路过旺多姆广场再路过丽兹酒店时，也完全忘记了它们和那些经典的欧洲文学及其伟大作者的密切关系；因为逛多了教堂和类似教堂的建筑，我们略过了先贤祠没有进去，而这不仅是错过了一幢建筑。

以手上这本书为入口，我居然能把掌握得不多的历史和这一周来见到的各个广场各道桥梁以及那些或大或小的柱子联系起来了。我突然发现，对于欧洲历史，我就像是个文盲，我也马上意识到，为什么那么多的画家和作家，在不同的时代中，不论他们原本生活在意大利还是英国美国，他们总会选择巴黎这座城市，作为一个长期的落脚点。

我们沿着塞纳河徜徉，上奥赛、出圣母院、入拉丁区，最后在花神咖啡占到仅剩的一张户外空桌。在烈日的暴晒下面朝着车水马龙的街道喝着醇厚的热巧，像法国人那样点上莫名其妙的下午茶然后开怀大笑，我们感受了香榭丽舍大道的繁华，也感受了索邦和荣军院周围的宁静，我们花了六七个小时流连于卢浮宫里的惊艳画作，却忘了在夕阳下的街道去缅怀那些已被埋没的历史。

关于巴士底狱、关于断头台，我们在历史课本上学到的东西还没有那么快被遗忘，但是那些暗黑的气氛在今天却已然感受不到。巴士底广场如今空空荡荡只有排队转弯的汽车，而曾经安置断头台的方尖碑前面，巴黎时装周的棚架已经搭建起来，各大品牌的标志及广告正被骄傲地固定在最恰当的位置。荣耀已经抹去了那过去的一切，即使脚下仍旧是同样一块石砖，两百年前砖缝里凝固着浓稠又无辜的黑血，今天名模们已能把高高的鞋跟巧妙地避开那些缝隙。周围的看客们表情从来没变，看杀人的和看走秀的，都一样那么既热闹又冷漠。

我们一边讨论着罗伯斯庇尔到底是枭雄还是罪人，一边走出了圣母院对面的圣礼拜堂加古监狱建筑，时间早已经将那些都盖棺定论，作为另一个大洲来的观光客，我们看看就好反正没有切肤之痛。古监狱门口静谧得仿若时间凝固，警卫在岗亭里一动不动地站着，我举起相机拍了张照。

后来当我查到这所监狱的资料时，我只感到皮肤一阵发冷：法国大革命期间，未经审判的数千人先后以莫须有的罪名被关进了这所巴黎古监狱的地牢，这些人中几乎没有谁曾活着走出来过。

而我淡定地游荡了一圈，然后从那个万人坑走了出来却不自知。

读书时背过很多法国历史中的人名和事件，但是从来没有真正弄懂过，而今理解它了，却只感觉到凄惨和心慌。至于当年为了应考而背下来的大事年份和革命意义，难道真的重要吗?

离开法国后，在瑞士的每天我都睡得很晚。我在百科上翻阅了无数关于法国大革命的史料，并且看完了雨果关于大革命的著作《九三年》，革命群众的嗜血狂欢让我心有不安，小路易十七的悲惨遭遇让我难以入眠。

我更是进一步探寻了欧洲中世纪猎杀巫女的荒谬历史，那几百年中但凡稍有智慧及姿色的普通女性都被冠以“女巫”的罪名恶毒地凌辱并且杀害，原本我以为这样的事情只可能发生在更古老的蛮荒时代，没想到它却蔓延在当时算是最进步最文明的法国。而我曾经还一本正经地看过丑化女巫的电影，玩过恐怖的女巫游戏。“巫婆”一词已经在全球的各种字典里定了性，再难有平反的机会了。

曾经我以为在一度闭关锁国的中国，普通百姓民智开启略晚，却不知欧洲也是一样。应该说，人类都一样，愚蠢，并且肮脏。

有朝一日我得再访巴黎，这一次我带着对宗教的一知半解，把时间消磨在了缤纷的艺术品上，而下一次我要在那些古迹之间去探寻那段革命岁月，那段巴黎尚且愚昧和荒唐的岁月。百年前的血腥和百年后的浪漫，都集合在这一个满载故事的古老都市里，使得它的一砖一瓦似乎都变得更加厚重，每一道伤痕和每一处破损都尤其可怖。

最文明之处，也是最险恶之处，这世界上的浪漫，都构建在不可告人的进化之上，人们在为一点点卓越而沾沾自喜时，就忘了时代巨轮下的那些羞耻往事。那些代表着羞耻的砖石，则在时刻警示着我们：人类不可能走入真正的文明，只能在香榭丽舍的浓妆艳抹和花枝招展中假装自己已经踏入了文明。

那时环游世界的梦也不再做了。

这一年的旅行计划也完全结束了。

继2015年十七个国家之后，2016年元旦从新西兰开始，泰国日本又泰国然后法国瑞士奥地利，最后再以日本结束，我已经尽量控制了，从前几年的每个月出去玩，已经改成了两到三个月出去一次。老实说，有点玩疲了。

不久前我在一场关于职业生涯的大会上分享了作为自由职业者的感受，从开始准备PPT到现场开口，我的感受也处在不断的变化之中。起初我想说说大家羡慕的东西，比如时间自由之后，你就可以到处玩了，可以环游世界了。当然，也得像我这样是自由职业还能保持高收入才能这么站着说话并且不腰疼。

真到上台的时候，我突然觉得旅行是件辛苦的事情，并不是真的值得羡慕的。

每个人都有个环游世界的梦想吧？不管是做什么行业的，不管帅的妖艳的，不管城市的农村的，不管有钱没钱，不管平时吝啬还是挥金如土，你问他梦想的时候，他十有八九会告诉你：环游世界。2005年我重新回到北京定居时，朋友介绍认识了那个只花三千美金就环游世界的朱兆瑞给我认识，我们聊到了他办签证和坐廉航睡火车的经验，我听着不由得感叹：这多累啊。他说：累？那可是环游世界啊！

环游世界，多么宽泛的一个概念。不上班的这一年半以来，总有朋友问我：你环游世界回来没？老实说我从来没有环游过世界，环这个字应该指的是绕一圈，这世界上我唯一环绕过一圈的只有冰岛。还有北京，那是开着特斯拉测试自动驾驶时完整地开了一圈四环。日本从冲绳到札幌都去到了，但那也是分了很多次完成的。我的旅行基本都是从北京出发，直达目的地，然后回到北京。然后过一两个月，又从北京出发，再回到北京。有时候会有多个目的地串起来，那也是为了方便顺路。我从来没有过环游世界的计划。

为什么？累。

在旅行的目的地是足够享受收获和新鲜感的，但是路途却不那么轻松，北京飞纽约、北京飞欧洲，都是非常辛苦的航程，十个小时以上的飞行时间如果不能躺下睡一觉，真是想死的心都有。且北京出发的航班，直接出境还好，不直接出境的多少都会晚点，天气不好晚多久就很难说了，有时大半天甚至整天耗在机场什么都干不成。我一直认为我和我的朋友们都还不算富人，真正的富人应该是毫不犹豫去哪儿都买头等舱，到点了就躺下好好睡觉。我们这些挤在经济舱的，仅仅只是打肿脸充胖子而已。很多年前我笑话穷游，都穷了，还旅游？后来我知道，我不也是穷人而已，飞美西的机票不打折到五千以下难道我会买吗？

除了身体累之外，其他方面受的挫折也越来越多，心累。

去东南亚玩是最让人开心的，因为当地落后，物价低廉，中国人怎么都有优越感，再不体面的中国人看着也比印尼菲律宾人矜贵。而在日本和欧洲可不一样，在日本，到处干净整齐得不像话，就连桥下的流浪汉都把废品和衣物码放得整整齐齐，看到这些我只为自己的国家感到难过，为什么我必须得在满是雾霾和垃圾的城市里度过接下来的几十年（我不是个积极移民的人，饮食和社交圈导致）。而在西方国家又是另一番感受，建筑、艺术品和消费品足够熏陶人，但是入夜后走在巴塞罗那的街道上的那种惶恐，我至今都忘不了。在美国看到黑人成群地走来就提高警惕，虽然没有遭遇过真正的威胁，但是那种不轻松感让我记忆深刻，让我无比怀念家乡的小蜗居。

见得越多，越难过。怪不得朝鲜人民是幸福感最高的，因为他们不知道外面的世界多么绚丽多彩，不知道那么多欲望可以被挑起并且想想办法就能够快活地满足掉。在大农村般的皇后镇我抱怨没什么像样的地方能够买买买，而在巴黎我发现什么东西都买不起。那么多的未知在慢慢开发了之后，你发现其中很多根本不可能属于你甚至不可能被你触及，那种尴尬和自卑，不是再赚多少钱就能够修补得上的。

旅行，不过是从自己待腻了的地方，去到别人待腻的地方。晃荡一圈，调整了心态，回来再面对苦逼的工作和生活。

旅行的意义究竟是什么？先别像陈绮贞那样说你离开我就是旅行的意义。去探寻未知，体验新鲜，开拓眼界，丰富知识，然后回归生活，安于现状，再继续承受压力。很遗憾，我目前没什么太大压力，唯一的压力，倒是每次回来之后的信用卡账单。我想去的地方越来越少，买回来的东西也越来越少，无欲无求的生活反倒更让人沮丧，有些时候我甚至感觉连追求都没有了，就想找个海边躺着晒太阳。虽说知足是个好事，但是长久的知足势必会带来惰性，于是就荒废一年又一年。

正如陈奕迅唱的：每次唱生日快乐，旧愿望还没发生，想不到什么新的更值得。

冷暖自知。

最近有一个大学同学的公司卖了，他打算退休一年好好玩一玩。他和我说了如下计划（他原本就是做运动社区的，出去玩也主要是为了滑雪和潜水）：1月去犹他州，2月去加拿大，3月去阿拉斯加州，4月去马来西亚，5月去意大利，6月去巴黎和土耳其，7月去巴厘岛，11月去南美洲和南极，他问我有没有想一起去的，可以搭伙有个伴，计划一下。

我听着都累了，我只想好好歇一歇，看看书遛遛狗做做梦，就挺好了。无论你是否环游了世界，终究还是要回家的。

25

时间在布拉格停止。

在Xbox上玩那款著名的赛车游戏Forza 2015，其中就有一个赛道地图是真实取材于布拉格老城。每当我抱着游戏手柄窝在沙发里，开着心仪的跑车穿过广场，越过查理大桥，沿着弯道爬坡上山，再冲回钟楼下沸腾的人群中，便会想起那年短暂的布拉格之行，和游戏里的速度与激情相比，当时我的亲身感受便是时间已经停止。

我们在黄昏时降落在布拉格机场，待到真正脚踏在捷克的土地上时，天已经完全黑了。司机载着我们在空旷的大道上奔驰，这趟欧洲之行，头一次遇到这么彪悍的出租车司机。他哼着我们从没听过的歌曲，偶尔转过头问我们两句听不懂的话，大概说的是：爽不爽？我驾驶技术跩不跩？

我瞎猜的。

布拉格在我印象中原本是个温柔静谧的样子，怎么第一印象就如此彪悍？

到达入住的酒店时，天色和刚才并无二致，天顶漆黑，靠近天际线的地方一抹红霞，似乎驾车过来的半个多小时里，时间没有流动，抑或是这里的黑色就一直是这样。

中午我们还在意大利的时尚之都逛街，晚上就来到这个风格迥异的国度，这个欧洲曾经的社会主义国家，我努力在找寻它和有中国特色的社会主义的相同之处，然而一无所获。我们印象中的社会主义总是有着亚洲的痕迹，比如红砖房和大厂房，然而在建筑风格迥异的欧洲，满眼的波西米亚风，风情有余，秩序不足。

由于入住时开玩笑回答前台说是来度蜜月的，我们被升级了套房，尽管只短暂停留一晚，套房的好处不一定能享受到，但是很意外地发现，卧室外有个大大的露台。

“终于到了布拉格，这会儿你想到了什么？”我们走出露台，凭栏而眺，那片红色黄色的屋顶，还有远处的一抹晚霞，它们都像静止在此，一愣就是数百年。唯有那黝黑的双顶火药塔，暗示着这里延续着的神秘岁月。她撑着栏杆，这么问我。

“时间，我想到的是时间。”

我来布拉格当然不是为了蔡依林的广场，我是为了一睹天文钟的真容。所以我会不由自主地把这个城市的一切，和时间关联起来。

正午十二点，我们挤在人群的第一排，等着天文钟报时，等着十二使徒走出来。

我之前只在朋友送我的明信片上见过这座天文钟，现实中的它比我想象中放置得更矮，也比我想象中小很多，但是还是那么精致。踏在凹凸不平的石板路上，仿佛跳起来就能触碰到它，当然这并不切实际。

伴随着大家的欢呼和此起彼伏的相机快门声，我真正见识了一次想象过千万次的天文钟报时。由于之前对它的幻想太多，这时我甚至略有失望，原来并不如我想象的复杂。我还在望着它发呆，人群已经一哄而散，纷纷回到屋檐下躲避阳光。那些不怕晒晒不怕的人，则漫步到布拉格广场上围观各种卖艺者。一个扛着巨大物件吹出硕大肥皂泡的卖艺人吸引了不少小朋友，她高兴地混入孩童中，着红色的长裙翩翩起舞，肥皂泡折射着正午的阳光，绚烂迷离，我往卖艺者的盆子里扔了两枚硬币。

中世纪的堡垒下，一切都那么不真实，穿着长裙的她似乎回到了该处的年代，而举着相机的我仿佛穿越自两百年后。

我们沿广场往北走了几步，一些奢侈品店铺林立于此。卡地亚萧邦积家，橱窗里摆满昂贵的机械手表，而店铺中并没有游人，华丽的首饰珠宝和这样古老的城市没有什么必然联系，来这儿的人或许和我们一样，不那么容易被激起购物欲望。

倒是在查理大桥上，我买了一只怀表。

与其说是怀表，不如说是一堆零件。

那是一个裱在相框中的古董表散件，里面附着这只表的介绍和艺术家的介绍文字。售卖这些钟表艺术品的小伙大概是制作者的儿子，他站在大桥上，支起一面货架，摆满各种拆散的钟表零件艺术品。我被那些细密的东西吸引，想起了小时候观察父亲修手表的事情，用镊子处理这些东西的过程，仿佛时间静止，父亲屏住呼吸，我也大气不敢喘，生怕吹飞了他手中和桌上的小物件。钟表被拆开时，时间就停下，钟表被修好安装上，时间又继续往前一秒一秒地走动，世界都恢复了生机。

查理大桥上的雕塑略吓人，桥面上不通车，都是游人和小贩。中午气温略高，大家步伐缓慢，我们也走一段休息一段。我拉着她来北面的栏杆处，指着左前方略贴近水面的一处黑黑的低矮建筑给她看。

那是卡夫卡的故居。

来到布拉格，谁都爱提到卡夫卡，当然米兰·昆德拉也常被人想起，但街上无数的小店店名以及售卖的纪念品无时无刻不在提醒你这里最有名的人是卡夫卡。从北京出发之前我打算搜罗一些关于布拉格的书下载到Kindle上看，感兴趣的甚少，关联的搜索结果通通都是卡夫卡，甚至还有村上春树写的《海边的卡夫卡》。

那个阴郁的公务员，在布拉格这样完全起伏的街道上，塑造出了扭曲的性格。

这一刻我突然懂了，这是个只有情绪、没有故事的城市。

过了桥，我们在星巴克稍事休息一下，便沿着陡峭的斜坡往山顶走。山顶有个哥特式的古堡，所以伏尔塔瓦河西岸的这座山也被称为城堡山。关于古堡我们所知甚少，在瑞士德国意大利各种古堡看下来，审美早已疲劳，我也懒得再去研究这么一座城堡的历史和典故。上山的路非常宽阔，无论如何都不会走错，而海拔越高，路人也渐少，而当我们最终站立在城堡的门口时，这座山头俨然被我们承包了。

此刻更吸引我的是山脚风光，这里能俯瞰整个布拉格。原本上山来是为了探访城堡，没想到偶有所得。尽管太阳依旧刺眼，但在和煦山风的抚摸下，刚才登山的疲劳乏力竟也一扫而空。不远处的布拉格老城新城合二为一，辽阔壮丽。布拉格新城也并没有现代化建筑，于是脚下的红顶黄顶绿顶和谐相融，一派宁静。火药塔、钟楼、查理大桥……所有的标志性建筑清清楚楚，上一刻我们还容身于其中，这一瞬间又像在翻阅一本画卷，而画卷上形状各异的楼顶，早已把这里定格在20世纪末——捷克独立后，这里的人们就过上了恒久平静的寡淡生活。

作家喜欢布拉格，政客们不喜欢布拉格。

不论在山顶还是在大桥上，抑或是挤在狭窄拥挤的黄金巷，这里总能让敏感细密的人产生遐思，而那些功利分子在这儿找不到归宿，大概也会慢慢被同化到不愿意去破坏这种平静。

若不是肚子饿了，我还真是不愿意离开山顶，我知道在河对岸的老街老巷里，德国大肘子在等着我，捷克百威啤酒也在等着我，我必须得让时间再次运转起来了。

离开布拉格的时候，酒店帮我们订了车送去机场。这也是一辆黑色的奔驰，司机长得和来时的那位一样刚毅。他帮我们把行李提上后备厢，说了几句我不太听得懂的英文，从口音中我感受出他的果断和利落——我做好了再次四轮起飞的准备。

飞机师的梦。

人类始终还欠缺一项技能，飞行。

也不知道是什么样的命运安排，我出生在一个修飞机的军工厂。在那个隐秘的小山窝里，虽然父亲母亲不直接参与维修飞机零部件，但我从小到大进出各个工厂车间，对于飞机的构造及动力也就多少有些了解。很多年后我在西雅图参观波音工厂，看到大型客机的组装线，儿时的一些场景居然又浮现在眼前——尽管两者的复杂和专业程度相去甚远。

由于小时候就在报废飞机上爬上爬下，我对飞行非但没有任何恐惧，反而充满了向往。大学毕业第一次坐飞机时，从舷窗往下俯瞰，透过云层看到地面的一切慢慢缩小，人慢慢地变成了蚂蚁，然后车辆也慢慢变成了微不足道的东西。这种上帝视角让我震撼，我头一次真正体会到了为什么人类会想要飞上天，那一定不是为了追求速度。

2008年5月，我从北京飞成都，去汶川灾区，在飞机上看到山峦层叠，沟壑绵延，那些裂缝和河流，就像是在不断警告人类别忘了自己到底有多渺小。我再次有了头一趟飞行时的那种感受。

而在这之前，我正冲上职业生涯的第一个高峰期，那时我和后来见过的无数年轻人一样，正值精力旺盛斗志昂扬的阶段，觉得自己非常了不起，所向披靡，看不惯任何复杂的人际关系和中国式智慧，总是坚持依靠科技和知识就可以解决任何事情。

后来才明白，这种想法多么幼稚，就在我越来越明白命如蝼蚁这句话的含义之后。然而人总是要经历那个年轻幼稚的过程，无法避免。

在重复看过港片《玻璃之城》后，我突然萌生一个念头：为什么我不考个飞机执照呢？片中主演黎明和舒淇俩人驾驶双座小飞机在空中自由翱翔，宁静又广阔，只能听见自己的心跳。

飞行，也就是跳脱于尘世之外的真正自由。我要这种自由。

和朋友说起这个目标，有的人会觉得荒谬，有的人会说想做就去做。买一架固定翼飞机也就一辆好车的价格，当然如果预算百万左右可选择的就更多，这还指的是全新的飞机，二手的价格更合适。

关键在于，你得有个地方放它，有地方保养它，在目前中国就不见得那么方便了。

在这之前，我先买了很多飞机模型在家里，这些模型完全是随着性子乱买的，而且越买越随意，其中我最喜欢的，是宫崎骏动画片《红猪》中的那架红色的小飞机。

我在国外上了飞机驾驶课程，已经能够在教练指导下自己操控起飞降落，仪表和机器维护还没着手，但是我并不认为那些会困难，最难的第一步我已经越过了。

如今再有人问我，下一步的梦想是什么，我都会回答：买一架自己的飞机。这是一个牵一发而动全身的工程，不是掏钱买就能完成的干脆项目。

当一个飞机师，有事没事看看渺小的生灵，享受片刻的逃离和宁静，即便是驾驶着它给农田洒洒农药，也都能简单地乐在其中。

志存高远，才会有激励自己不断前进的目标，实现不了没有关系，梦想二字中虽然有百分之五十是梦，但好歹有另外百分之五十是可以去努力的。

尽人事听天命，去天上看看，尝试去看懂自己的命运。自由，就是有一天能自己飞起来。

环冰岛后记。

去冰岛居然已经是一年半之前的事情了，而当我今天回想起来，仿佛就发生在昨天，发生在一两周之前，那寒风刮过面颊的刺痛，仍旧能清晰回想起来。

2015年夏天，我们纠集了十一个人，三辆奔驰SUV，在这个不大不小的岛上逆时针方向开了一圈，走走停停，一共花了九天时间。

这十一个人当中，大多是去创作摄影作品的，另有两位算是去蜜月旅行的，而我只能算是去感受世界，同时反思自己。

间歇泉、大瀑布、冰川、峡湾……冰岛和我之前去过的那么多国家都不一样，它独一无二，真正的高冷，高纬度寒冷。后来我又去了新西兰去了北海道，但再也找不回冰岛的那种荒芜感觉。我在雷克雅未克的海边街道上晨跑，跑着跑着下起了雨，越下越大，而我也越跑越痛快，是的，即使那很冷。

我不是一个喜欢生活在寒冷地方的人，我讨厌穿太多衣服。即使在北京的冬天，我也尽量地少穿衣服，一条裤子一件单衣再加羽绒服，这已经是我的日常习惯。除了滑雪时会包裹得比较严实，大部分的时间我能少就少。

衣物让人感受到束缚，束缚就是不自由。

也正是在冰岛回来，经赫尔辛基再飞北京的飞机上，我决定了，辞掉工作，不再上班。我想正是冰岛给了我这样决绝的勇气，当我感受过冰冷，感受过荒芜，便不再沉溺于职场的热闹。那些繁荣兴盛，于我而言什么都不是，我能感觉到自己心底的寂寞，而这些寂寞，在平时的周一至周五都被藏了起来，因为太忙，我没时间去找到它们。

生命尚且有限，我却浪费时间在上班，有些可笑。

我太渴望那种为所欲为，我解释不清楚为什么我希望走出这么一步，我不像周围朋友们说的那样理想主义和追求什么生活方式，我只是一时开了窍，你也可以理解是：一时冲动。

直到后来有朋友告诉我，自由到底是什么。自由不是你想做什么就能做什么，自由是你不想做什么就可以不做什么。

原来如此。

回来之后我构思了半年，写了篇小说，名字就叫《环冰岛记》，这篇看似游记其实是短篇小说的东西在各个平台上吸引了不少关注。从那之后，豆瓣的首页上便经常性地推荐冰岛相关的文章、照片和游记，似乎越来越多的文艺青年飞去那片凄寥的土地感受生命。

而我也开始像模像样地构建出自己所谓的生活方式，旅行、写作、做顾问、保持运动和阅读，诚然这是一种非常健康的活法，也是足够令人羡慕的活法，尽管刚开始的时候会有些自我怀疑，怀疑这条路究竟是不是可以这么走，不过一步步走到了今天，我深刻意识到，自己再也不可能回到职场了。

我和仍在职场的朋友们还是保持着亲密关系，我还是经常和各个公司的不同职能的好友吃饭喝酒小聚，邀请他们来家里玩，有事没事在线上唠叨几句，朋友间若有个三长两短家庭纠纷仍然会找我诉苦，我并没有远离社会。

倘若在冰岛，走出首都之后四下无人，活个几年也许都只能对牛羊说话。难怪冰岛人见到我们都那么热情地交流，或许实在是很难得见到能够张嘴说话的东西。

我又开始好奇，那趟我在冰岛到底获得了什么。我知道我一定会再去一次，或者数次，所以我在小说里提到了再次回到冰岛的场景。上一次去正好是6月二十几号，赶上了极昼，半夜十二点太阳在地平线擦着边又再次升了起来，天色就没有暗淡过，顶多是天边泛红。下次如果再去，我一定要在冬天极夜的时候过去，看看半夜时分天边突然亮起来又马上暗下去是什么样的奇妙体验。

至于我在冰岛到底获得了什么，也可以说是什么都没获得，那就是一种万念俱空。于是我给小说中的女主人公取名叫“念”。这里没有有钱和没钱的区别，没有资深和外行的区别，没有老板和打工者的区别，没有摄影师和手机党的区别，更没有思想家和混混沌沌的人的区别，众生皆苦。除了天和地，什么都没有。一面向山，一面向海，冰山与海中间，就是一条奔向远方的路，而我们都知道，这条路跑完之后，一切回到起点，回到刚出发的首都雷克雅未克。

而这就是人生，兴冲冲地出发，以为能有个好结果，殊不知最好的东西，都在过程里，而结果等待着的，只是死神和轮回，再来一次。

而这个过程里，其实也没太多好东西，除了不断地感受到天地浩瀚和自身渺小之外。

环冰岛记，也就是我以为的轮回，是我以为的一次又一次重复之前做过的事情。在有无限次机会的情况之下，下一轮，是不是可以做得更好，做得更让大家满意，也让自己满意？

很多电影有表现过我描述的这一理念，其中我最喜欢的是《土拨鼠之日》，如果有无数个重来的机会，我们势必能够吸取经验教训，让自己活得更加精彩。

而可惜的是，一模一样的人生只有这么一次。错过的就不会再有机会了，每一次我们只能紧紧张张地试图把握机会，而往往越紧张就越容易出错。

在这样一个破产的国度，一个只有上好空气和不需要买冰箱、空调的国度，所有人只有一栋破房子和一辆旧车，还有无数的羊。他们不需要iPhone，也不需要最新款的弧面4K电视，他们即使想要，也买不着，他们无须攀比，反正邻居们也都没有这些东西，应该说，反正也没有邻居。他们日出而作日落而息，如果日不出他们就不作，但是日不落他们还是照常休息。

如果我常年生活在这样的地方，我当然会疯掉，我是个世俗又功利的现代人，我已经进化成功并且就差在体内植入芯片了，我离那种原生态的环保生活已经飞出了两千年。

我们会向往、会羡慕那种被迫超然世外的高冷，同时又会感慨自己猪狗不如的生活，感慨完毕又继续做着猪做着狗，吃着化学元素周期表，朝着给自己发钱的老板摇头摆尾。

不过呢，有这趟旅程之后，至少知道了自己的嘴脸。再看看那些自鸣得意的人，也实在不知道评论什么好，只能说各人有各人的选择，每个人有自己的路要走，有的人走的是繁忙的华尔街，有的人走的是优雅的香榭丽舍，而有的人走的是空灵的黑沙滩。

只是绕了一圈冰岛，却又荡漾起这么多思绪，这也多亏了我电脑上的这款自带凄美哀愁背景音乐的写作软件。现在我要合上电脑走出户外，去呼吸北京傍晚的干冷空气，把车开到只有两千米远的健身房，跑跑步或者游游泳，晚上吃点健康的，再看看书，把自己看困。

这趟旅行若算开心，亦是无负这一生。这句是黄伟文写的。

北海道二世谷滑雪场。

。

矗立在雷克雅未克中心的大教堂。

新西兰蒂阿瑙湖上。

新西兰但尼丁。

。

在冰岛。

瑞士滑雪胜地马特洪峰的晚霞。

PART 3

不上班的理想生活

TAKE TIME TO WASTE YOUR LIFE

把力气花在你想要的生活上

每个人都心心念念地想改变世界，但不是谁都有能力去做到。

而我们能轻易做到的，就是改变自己。作为组成世界的不可或缺的一小部分，改变了自己，也就间接地改变了世界。

一成不变的稳定生活曾经让我衣食无忧，却又带来了从来没有过的空虚无聊，我更加深刻地意识到即将到来的中年危机对我意味着什么。但是，如果我能抛弃掉一些稳定但特别无趣的生活组成部分，比如辞掉工作，比如换个生活环境，或者干脆换个完全没体验过的行业，不再用自己曾经的特长来赚钱……

我强迫自己对生活进行了较大的调整。虽然有些冲动和冒险，但我马上开始了。

开始改变。

裸辞之后。

这天是2016年8月6日，上午睡了个懒觉，下午给闲置了很久的iPad拍了两张照片发朋友圈打算卖掉，然后出门去朋友家玩了会儿大富翁，晚上回来带另一个朋友参观家里的装修并且分享经验，再看里约奥运开幕式回放，突然想起，八年前的北京奥运开幕式时，我正在搜狐加班做着首页奖牌榜。而去年的今天我正式告别了工作，连夜背着做皮具的装备出发去了日本，半夜这时候我正在首尔转机。

一晃一年过去，现在流行把这种做法叫作Gap Year，大体上指的是忙碌工作中休息一年来思索一下人生的意义等。但是我这应该不算，因为不管是多少Years，我都不打算再上班了。

去年离开的时候，我停用了Windows Phone，两个常用号码换成了一大一小两个iPhone，把Surface Pro也改成了备用机，主力使用Macbook。而有意思的是，这一年来前东家股价冲刺历史新高，苹果连续两季度财报惨淡，Windows 10装机量非常可喜，世界变化真快。

这一年我去了十七个国家，虽然其中有几个之前早去过多次。如今旅行的心态已经完全不一样，我不用在雪山顶上考虑随时需要回复邮件，不用人在海滩却要配合别人的工作时间来安排电话会议，但是我要担心境外话费和网络费用不能报销，吃喝睡都要尽量节约，毕竟没有了之前的可观收入。

这一年来不少人问过我为什么要裸辞不干了，外企有什么不好吗？我的回答都一样，工作挺好，但是在公司我除了赚钱之外，已经没有什么追求了。我不是天才也不是超人，我没有多厉害，我的能力，在工作岗位上已经发挥到头了，没有什么我能发挥作用的了，也没有什么我能撬动和改变的了。当然，我可以轻松混日子，但是那不是我。

这一年来我不断在问自己我能干些什么。我也不是完全没有收入，好歹我还是这个行业的设计专家，我以部分时间加入了一家设计公司，帮助他们拓展一些新的方向，另外我还给另一位做神秘项目的朋友远程指导了一下设计，这些收入也就刚好够我还车贷房贷。去年10月的时候我尝试多扛几份顾问的事情，这样收入能比在职高很多，后来发现我根本不想那样做，我不工作就是为了闲下来。

我的日常开销变得很紧张，如果我想买什么新玩意儿，必须得卖掉一个旧玩意儿才有闲钱。这一年来有十几家比较著名的公司找过我，有不少开价都超过百万，每次都让我很动心，但是白老师都会敲醒我：想想你辞职是为了什么。

拿钱越多，卖掉的时间就越多。有个人在身边不要求我赚多少钱回来，并且随时监督我不忘初心不要走歪，我是真的很幸运。

是的，我为的是有更多能自由支配的时间和思考的时间。我写很多东西，翻译的frogdesign创始人的《极简设计》（*Keep it Simple*）也终于出版了。我还写了数十篇短篇小说，另外两个长篇开了头，这些小说/选题都已经有了出版计划，其中还有几篇已经被电影制片先占上了。还写了很多科技类的体验文章，在知乎集结成了一个专栏《中国式体验》，慢慢地有更多科技厂商主动找我来体验产品，并且让我随心所欲来表达感受——因为他们真的不打算付我钱，比如特斯拉。我随手写了一篇黑科技HoloLens的体验稿，结果无心插柳因此被奉为混合现实领域的专家。我认识了很多出版行业和娱乐圈的朋友，还有汽车行业的朋友，我在往我之前计划的方向发展：不做互联网，不做电商。

对于写作，我一直有着很清醒的认知：因为我的资历和人脉资源，我的作品更容易被一些有影响力的人看到和传播，所以某些作品或许其实没有那么好，但是会被捧起来。我还是很有自知之明的，受之有愧。

说到人脉，有意思的是，我在职期间的很多合作伙伴，在我离开岗位之后，他们突然都人间蒸发了。那些有事没事请我吃饭、逢年过节送点小礼的合作伙伴，在我交出了手上的各种资源之后，他们就消失了。幸好还有少数人还一直真正把我当作朋友，在我吃饭不能再开发票报销了之后，我还一直能蹭到他们的饭，还有很多是随叫随到，让我也好生感动。其中还有几位在我工作时不太来往的朋友，后来反倒是经常吃饭聊天，也是蛮有意思的。

这一年下来，生活丰富了很多，我练好了游泳，学了开固定翼飞机，练好了双板也会了单板，学会了骑摩托，练好了文身，也捡起了多年前做的皮具，还顿悟了如何打响指，可惜潜水证还没拿到，木工也没开始。我原本日渐稀少的头发也似乎长多长密了，但是生活远没有你们想象的轻松，只是因为我还没有孩子，所以自给自足，本命年的生活压力暂时被隔离了。

还好我在房价最低谷时换了个大房子，在北京，没有什么比买房更值当的投资了。

没有iPhone的三十天。

2016年12月6日，我把手上的iPhone 6 Plus寄了出去。顺丰的小哥来得很快，便在门口等着我重置机器。我看他也挺忙的，于是赶紧给塞进包装盒里，请他帮忙过十来分钟彻底关闭电源就行。因为含电池不让空运，三天后这台iPhone才被远在珠海的朋友收到，他正创业得热乎，需要几台二手iPhone做测试机，我便随口作价卖了。

从iPhone 1代开始用到6代，我已经完全习惯了iOS的各种操作体验，也习惯了从苹果商店里获取任何好玩的东西。因为有着三个以上的电话号码，所以手上一直保持着至少两台手机：用iPhone 1代的时候我还用着多普达钻石1代（Windows Mobile），用iPhone 3G的时候还在用着第一台安卓手机Google G1。在2012年之前几年，我一直用着一台iPhone一台安卓，在2012年到2015年间，一台iPhone同时一台Windows Phone，2015年下半年同时用着两台iPhone 6，一大一小。后来因为我不再工作了，所以电话联系的需求变得少到几乎没有，手机越来越没有存在必要，于是先把小的iPhone 6给卖了。这个冬天，随着低头写作的时间越来越长，再加上之前长期使用智能手机，导致积累下来的毛病都发作了：我的颈椎废了，随后腰椎，最严重时在趴着的情况下几乎无法起床，手臂完全不能使力。为了身体健康，我打算过一段没有智能手机的生活，而且如果万一真离不开iPhone，也是该换个7 Plus的时候了。

第一天。我找出收藏着的索尼爱立信X1，看了看又盖上了，毕竟还是全新的机器，继续收着吧。随后我从抽屉里摸出诺基亚N73和索爱T628，后者还能充上电，我找了张SIM卡小转大的卡托，把卡装了进去，有信号。就这样，朴素的生活开始了。

对了，这天我生日，新生活啊。

第二天。我只身来到颐堤港吃午饭，在煲仔皇点了个腊味煲仔饭，店员告知只能微信或者支付宝支付，不能刷卡。我身上就揣了一张信用卡、一张身份证，还有几张零钱，怎么都凑不够饭钱。当时特别尴尬，服务员在柜台里盯着我，非常纳闷这个人为什么就是不愿意拿手机出来扫一扫码呢？没办法，换了一家店，点了个二十块钱以下的吃的。

十分钟吃完，掏出零钱付了停车费，回家宅着。

第三天。我已经发现没有微信是不能活下去的，如今我妈都不会打我电话了，只会微信语音。我在没有iPhone的第一天就在朋友圈发了通知，说我不用智能手机了，要找我的话请电话联系。这才三天我就觉悟了，没有微信没法活。还好，我还有一台闲置的黑莓Passport手机，能兼容部分安卓软件，能装微信。测试微信能登录后，我把主号码换了过去。

不过，这手机没有移动3G/4G，只有2.4G的Edge网，看着右上角的“e”图标，我知道这玩意儿只能室内用了，凑合吧。

微信近两千条未读信息，这才过了三天。不过这三天，我看完了两本书，纸质书。

第四天。去三里屯某咖啡馆参加Google中国开发者聚会，主办者是我老同事，协办方是朋友的公司。入场后正好赶上大家拍合影，我便在大家对面拿出黑莓手机拍照，画质实在太渣，也不太想发朋友圈。

后来的日子里，因为缺少了iPhone的优质摄像头，我不再像从前那样随处拍照了；既然不拍照，也就没什么发朋友圈的想法了；既然不发朋友圈，我也就不太看朋友圈了。

挺好。

第五天。我时不时看看苹果官网，想知道亮黑色的128G iPhone 7 Plus

什么时候可以预约去苹果店取货。没戏，其他颜色都有预约，唯独亮黑色一直没有。尽管众所周知亮黑色非常不耐磨并且最小128G起售，我还是愿意当这个冤大头，我就喜欢这颜色，不为别的。

研究了一下，新MacBook Pro还是不错的，Touch Bar我还蛮喜欢，可以入一台。

第六天。我顺手把手上的灰色MacBook卖了，拿出了2011年的MacBook Air用着，只有2G内存，我日常也就打字和当浏览器，足够。

第七天。我去了望京SOHO见朋友，朋友请吃午饭，所以无所谓用什么付款。我也始终没有把手机掏出来，实现了两人在饭桌上积极交流而不玩手机。吃完饭离开的时候去地库取车，突然想到望京SOHO地库使用Apple Pay支付停车费的话是有五折优惠的！

亏大了。

第八天。发现了一个问题：黑莓上的微信在一年多前已经停止了更新，这也就意味着有些功能它是没有的。这天有朋友在群里面发红包，而我这儿看到的提示是“该版本不支持”的信息。

感觉错过了几个亿。

第九天。揣着黑莓手机出去吃饭，想着我现在有微信了，我可以付钱了！我又到了那天我没有吃成饭的煲仔皇，坦坦荡荡拿出微信付款。结果……黑莓版的微信，没有收付款功能，它可以扫别人的二维码，但是正儿八经地生成商家的收付款二维码是没有的！

还好我装了个支付宝，留了一手。我点开支付宝，等待loading，弹窗提示“请升级最新版支付宝客户端”……然后，然后它自动退出了。可我这已经是最新的了，黑莓商店里能适配的最新的了。

我掉头就走，无脸见人。

第十天。我不能藏着掖着，其实我还有个iPad mini，4G+Wi-Fi版，所以我有一张联通的SIM卡常年搁在里头。以前这个iPad只用来看视频和豆瓣阅读，大部分时间它被插在音响底座上，这天我把微信给装上了，找出了以前闲置的罗技蓝牙键盘，毕竟这样回复消息比用黑莓的键盘打字选字快得多。

因为不太发朋友圈了，微信上的消息倒也少了，除了群之外（群也通通屏蔽了），几乎没什么人找我。有时候整天整天没有消息。我打算，每天午饭后看一眼微信，睡觉前再看一眼，而且尽量不点朋友圈。

iOS的超级马里奥上架了，这个可以有，买了个，明天高铁上玩。

第十一天。坐高铁去南京参加一个大会，得上台做演讲。前几天用那台老Air做PPT可折磨死我了，别看它打字写文章很顺，一打开Office或者Keynote就卡得半死，每一次操作都停顿半秒。

在高铁上最后调整了一次PPT，然后开始玩马里奥，捧着iPad在半空中玩游戏并不轻松，但是我颈椎疼，不能长时间低头。

话说iOS的超级马里奥做得不错，可玩性很高，完美过关的要求几乎变态。

第十二天。演讲完后，回酒店游了一会儿泳，全身舒畅。打开iPad上的易到用车，叫车去南京南站，回北京。我站在街头，左手捧着黑莓手机随时接司机电话，右手捧着iPad看地图看车到了哪里。路人看着这个人在寒风中捧着iPad，想来也是蛮费解的。

在车上，我举着iPad拍了几张南京的奇奇怪怪的新建筑，使劲加滤镜才能看。

第十三天。开车去位于光华路的朋友公司串门。以往我习惯出门之前先看看路况，再决定走哪条路。如今没有iPhone，也没法看路况，开车上路就走。在朋友办公室待两小时后，我在下班前离开往家赶。没有路况的指导，我直接往前走，这一趟让我觉得异常轻松，因为我不需要去揣摩我到底该怎么选择，只是按照最常用的最直接的路线往前走就可以，至于它究竟是不是对的或者是不是走了最堵的路，天知道，反正既然选择了一条路，就不可能同时有另外的选择。

不被百度和高德瞎指挥，随心所欲，不怨天尤人。

真的，我很久没有这么自在地开过车了。

第十四天。那台黑莓手机收到移动下发的短信通知：我本月还有10G流量没用。

我哪里用得完，那就下月起改套餐吧。

第十五天。听说了我最近的凄惨遭遇后，老同事看不下去了。他来找我吃午饭，顺便带了台戴尔显示器送给我，让我不要老低头用笔记本写作，另外还借了台手机给我，是一台诺基亚930，Windows 10。

我有一种不祥的预感。

带回去插上充电，开机，提示更新系统，更新了半小时，我便忘了它的存在。

第十六天。去手机的疗效不错，自我感觉无比好。似乎时间变多了，用上了外接显示器，脖子也不疼了。

因为腰椎问题，不能长时间坐着，这些天我都站在客厅吧台写东西，几乎每天能保证五千字产出。

又看完了两本书。

第十七天。我已经慢慢习惯了没有智能手机、没有微信的生活。我把相机找了出来充电，索尼的黑卡相机有个优点，能Wi-Fi Direct传输照片。这两天我又偶尔发发朋友圈发发豆瓣了，完全是因为相机出图比手机好太多的缘故。先用相机拍照，再用iPad连上相机的Wi-Fi拷出原片，稍微修一下图，然后发出去。

我亲爱的RX1RII，真是冷落你太久了，大价钱买你回来，结果还不如小小的手机摄像头用得多，人都是怎么了。

第十八天。周末，和白老师窝在沙发上看片，《鬼吹灯》电视剧的节奏太慢太慢，都赶得上韩剧了。我换上正火热的《西部世界》，面对那么多裸男裸女，白老师似乎兴趣不大，总有事没事抱着手机聊天，被我呵斥了数次，到底还能不能一起好好地看片。白老师说，你以前抱着手机的时间比我还多！只是你自己不觉得而已！

是吗？这可是相当不益于家庭幸福的，我以前居然那样。

第十九天。心血来潮又打开苹果官网看了看亮黑色7 Plus的预约情况。咦！离我最近的三里屯店和朝阳大悦城店都有现货！想了想，好像我也不是那么需要iPhone，顺手点了浏览器的叉。

清净了。

第二十天。看书，听歌，游泳，写字，逗狗。生活真是简单。

我曾经习惯在iPhone上玩数独游戏，如今没的玩了，便又把魔方找了出来，重新温习公式。

第二十一天。送狗去朋友家寄养，因为第二天我们要去日本。一路上专心驾驶，等红灯时才拿起iPad通知朋友我快到了，旁边一起等灯的小哥表情很吃惊，见过开车用手机的，没见过开车玩iPad的，我都能想象他的内心独白：你丫……心真大。

第二十二天。出发去北海道，因为去日本要买当地的SIM卡用，出门前拿出N年前闲置的SONY Z1 Ultra（6.4寸屏幕的大菜刀）充上电，开机，非常卡卡卡卡卡……简直没法用。想到了那天老同事给我的诺基亚930，就它了，Windows Phone必定比安卓流畅，放进箱子。

第二十三天。日本的SIM卡插进诺基亚930没反应，无服务。我把中国移动的卡和中国联通的卡都试了，也没反应。思考良久，突然凭着一丝丝当年的职业素养回忆起来，这台手机是TD-SCDMA！也就是国产3G标准，只有中华人民共和国可以使用。

废柴。

第二十四天。在暴雪中泡着户外温泉，肩膀以下浸在汤里，鹅毛大雪扑在脸上和肩膀上，甚是痛快。想着这会儿如果有个iPhone在手上，能随手拍几张照片，纪念也好显摆也好，都行。不过也就是想想，哪能带手机进来，还想拍照，太不合规矩。还是老老实实享受当下吧。

人啊，在旅行中往往花了太多时间去拍照，去分享，其实自己都没有认认真真看清楚风景，还没安安静静实实在在享受到，就忙着去分享给别人，图啥呢？

第二十五天。约了碰巧也在北海道的朋友在二世古滑雪场碰面一起吃晚餐，2016年的最后一天，即使全年一事无成，也应当热闹点过。我在iPad的微信上留言给朋友说晚上八点联系，然后把iPad锁在储物柜里，上了雪道——我若是揣着iPad去滑雪，它一定会摔坏的。等到了八点雪场关闭，我打开iPad看到了他一连串的留言：五点半他们就下来休息了，一直联系不上我，就直接叫车回酒店吃饭休息了。

没及时和人家说明如今微信不能正常联系到我，终究还是蛮误事的。

第二十六天。2017年第1天，朋友圈各种新年好，谁谁发的并无区别，我没有发似乎也不缺少什么。这样信息爆炸的时代，到底有多少重复的内容在浪费着网络浪费着能量？多点一个赞少点一个赞，又有什么不同呢？

我的一篇装修文章上了豆瓣首页的新年头条，评论通知炸了，粉丝数也爆了，知乎也推荐了，好兆头。来不及看评论，又匆匆上了雪道。

大雪纷飞，总该干些该干的事情吧。

第二十七天。逛店，采购些日常用品回国。每每看到好玩的商品，我都把白老师拉过来，说，借你的iPhone，帮我拍一张这个，你帮我再拍一张那个。她嘲笑我说，想拍啊？自己买个iPhone啊，想戒手机，就别总想着拍照啊。

我咬紧牙关，自己选择的生活方式，含着泪也要活下去。

第二十八天。降落北京，雾霾蔽日，什么都看不见。飞机还没停稳，大家都忙着开手机，各种开机音乐绵延不绝，我偏不开，我开了也没什么东西可以看，我为什么要开，我开了也没人找我也不会有留言，我为什么要急着开。广播都在说飞机停稳前请不要打开手机，你们都没听到吗？

如果我iPhone在手，我也早打开了。不是我吹，飞机轮胎着地那一瞬间我就打开了。

第二十九天。一边吃晚饭，一边开了一场冷清的知乎Live，连一台手机钱都没赚回来，不过这已经比“在行”上的约见划算很多了。

第三十天。看书，听歌，游泳，写字，逗狗。生活还是一样简单。

睡觉前看了一眼微信，在苹果工作的朋友问我，他们内部员工代买iPhone 7是有八五折优惠的，特地留了个名额给我，现在可以买亮黑了，知道我一直惦记着亮黑色，问我要不要买。

我回答他说，多谢，暂时不买了。我再想想。

2017年已经过去了一周，告别iPhone的这一个月下来，我一共写下了近十万字内容，看完了近三十集美剧、十多部电影、七本书。在国内的时间我几乎每天游泳，在日本的时间每天泡温泉，在北京几乎没产生吃饭停车之外的消费，在日本也只买了些厨房用品和一盒乐高，这趟日本旅行只象征性地逛了十分钟电器店，以往至少逛一个小时。

离开了原本以为根本离不开的iPhone之后，才发现真正的生活该是什么模样的。

贴膜的那些小事。

1992年，我和父母亲欢天喜地迎来了第一台彩色电视机，父亲舍不得拆掉遥控器外的塑料包装，他用透明胶带把塑料纸贴上绷紧，用来保护精致的遥控器。接下来的十年中，这台彩电坏了修，修了又坏，而遥控器一直崭新如刚刚出厂，无论操作如何不方便，无论手感如何受影响，父亲始终不愿意去掉那层保护套，只是每隔一年换上一个新的塑料套。一直到我工作了给家里换了新的电视机，旧的那台已经无法工作了，而遥控器一直保持着我第一次见到它时的样子。当然不光是我家，我们厂区几乎所有人家的遥控器都是同样的待遇。

那台电视的品牌叫作创维，那是创维第一款电视机，用的还是旧商标。父亲和他的朋友们都笑称它：创造维修新纪录。当年的设计师工程师如果早知道遥控器会遭遇这样的命运，何必费尽心思去把这小小的东西上的按键材质、键程和分布距离安排得那么恰到好处呢。

也许每个人成年前都在家里看到过各种贴了保护膜的东西，我印象最深的是遥控器，你最深刻的或许是盖着塑料膜的茶几、盖着玻璃板的书桌，还有覆着花布的洗衣机。

长大后我有了收音机、索尼随身听，还有CD机，但是那些设备的屏幕太小，外形不太规则，所以没有贴膜的机会。但是我会把我所有的磁带封套铺平了，再用宽胶带或者塑料纸整齐地包好贴好，让它们不会被折皱，也不会在南方的空气中受潮褪色。去年我在老家打开当年收藏的那些黎明的磁带，封套和歌词纸一张张都新得刺眼。

1999年我买了BP机，小小的单行液晶屏幕上的出厂膜一直没舍得撕，后来买了手机，诺基亚的3310，也在绿色屏幕上贴上了小块的保护膜。于是，我们的贴膜，正式进入了手机时代，一发不可收。手机屏幕越来越大，尺寸越来越多，贴膜也渐渐成为一项专业化的生意。（其实在手机贴膜繁荣之前，MP3播放器率先享受了这项福利，2006年到2007年我在淘宝开店卖MP3，iPod、索尼、三星Yepp、iriver和创新是卖得最好的一些产品，国产货我只卖魅族。那时候搭配不同MP3卖出去或送出去的贴膜也是无奇不有，也让我更了解到贴膜的成本及制造工艺。）

智能机时代之前，手机屏幕不能触摸，所以对于膜的厚度及防刮没有太高要求。自从palm和Windows CE等PDA和商务通等玩意儿使用电阻屏之后，贴膜开始有了薄的要求，而不是越厚越耐磨越好，还要同时考虑压感和透光性了。以前买一块大膜可以按照手机屏幕不同裁剪成合适的大小贴上，后来每款手机都有了自己特定的膜，尤其是有了iPhone之后，那一块膜，不单上面要露出听筒网，下面还要露出Home键，贴的时候需要格外细心。手机贴膜再也不是只为了保护屏幕，而是保护整面机身。甚至在iPhone 1代的时期，我看到朋友的一台iPhone全身各个角落各个弧面都贴得严严实实，任何地方都不会被划伤。（我也看到iPhone 6还有这样贴全身膜的，丑得无法言喻。）

也正是从iPhone 1和Google G1那时候开始，手机贴膜正式成了一个产业、一种职业被所有人认同。电脑城门口、天桥上、社区路灯下，到处都能看到“专业贴膜”的招牌，似乎贴膜成了大学的一门专业。一张成本几毛钱至两块钱的不同名目的金刚膜、钻石膜、炫彩膜、镜面膜，被卖到五块十块甚至一百块两百块。当然这其中也得计算贴膜师傅的手艺功夫，没有他那日理万机的经验，一般人不太能在贴废三张膜之前刷出精准无气泡的卓越成就。

大家应该都能猜到膜的成本极低，但是愿者上钩，总希望去相信卖家宣传的有多高级。再随着贴膜的包装越来越好（甚至有的包装成本比膜本身还高），在这个看脸的年代也自然有更多人愿意为三五千块的手机贴上两百块钱的面子。不是每个人都知道贴膜的硬度指标，在莫氏硬度中最硬的当属硬度为十的金刚石，现在大部分比较好的手机屏用的都是大猩猩玻璃，硬度为七以上。而现在正常的贴膜硬度都在六左右，有时候卖膜的人会拿美工刀来使劲划屏幕，以此说明他的膜有多厚，但是实际金属的硬度只有五，当然划不伤。但是如果拿砂纸试试，就知道什么是真正高硬度的玻璃膜了，因为砂纸、砂石的成分含石英，石英硬度有七点五，一划就花了。但是那些硬度达到九的玻璃膜也不一定是很好的选择，它毕竟为手机增加了比较多的厚度，当年乔布斯费尽千辛万苦把手机厚度减少0.1毫米，一张膜贴上，手机反倒厚了半毫米。让人家乔老爷子泉下有知情何以堪。

前阵子也在微博上看到了个哭笑不得的照片，手机掉地上，高档玻璃贴膜果然完好无损，但是膜下面的屏幕完全粉碎了。我贴出这些数字，想表达的是：在如今这个年代，无论你的手机贴膜不贴膜，它都不会被指甲、钥匙或小刀划伤；而无论你的手机贴膜不贴膜，它都逃不过掉在地上碰到沙石的命运。关键就两个字：运气。是的，前年国庆前我的iPhone 6到手不到二十个小时就摔碎了，三里屯的苹果店员都来围观北京第一例碎屏6，都不知道该什么价该怎么修——官方售后都还没培训没准备。

每次[illegible]在变卖二手数码产品时看到它们完好无损一如全新却并不能再被我享受时，我都情绪复杂。虽然能多卖一两百块，但是我会遗憾我没有去好好体验充分拥有它最完美的状态。我早已不再贴膜了，什么东西都不贴，不管是几千块的iPhone还是几万块的全副微单和黑卡（我甚至不给蔡司镜头装UV），不管是会在饭桌上沾到油渍的还是会在户外被喷上灰尘的。生死有命，富贵在天，既然为它花了钱，既然设计者让它以最完美的状态示人，那就应当让它活得堂堂正正潇潇洒洒。

我看到有人为Apple Watch贴上膜的时候，并没有吃惊，他大概太心疼这玩具；我看到有人为手机背面和边框贴满钻的时候也没有吃惊，毕竟大家品位不同各有所好；我看到有商家在宣传贴膜防辐射的时候也完全不吃惊，因为这世界还有人信奉用路由器来养生……但当我看到有人在Macbook的键盘上铺上硅胶膜的时候，我惊呆了，键盘作为一台笔记本电脑（非Windows 8触屏电脑）唯一的输入接口，盖上这么一层厚过一毫米的颜色丑陋质感恶心的硅胶，你花一万块买来的Mac和四千块的惠普华硕有什么区别？我敢说后者用来打字还更舒服更快。

好吧我承认，贴膜也许是中国现在生意最好的类别之一，无论是贴在手机上的、贴在脸上的，还是贴在车上的。中国人爱惜自己，爱惜自己的心血和面子，也借由这一层膜表现得淋漓尽致。大家要面子不要里子，只要好看了，好不好用没有关系。只要包好藏好了，好不好看又没有关系了，自己是不是享受得了，也没有关系。

东西买回来是使用的，不是拿来供着的。

那就把你手机的贴膜也撕了吧。

在岳各庄，在果蔬好。

那年冬天，总编收了两台烤箱，两台一模一样的烤箱。他转送了一台给我，一边笑眯眯地说，今年社里效益还是不太好，所以今年的年终奖也就没有了，再挺一挺，艰难的日子总会过去的。过了一会儿他又拿了一个大盒子过来摆在我桌上，是刚上映的《变形金刚》电影版中的擎天柱，他说，这也收了两个，你拿一个去玩吧。

我研究了几天烘焙，从工具到火候，从面粉到模具。我在单位打印了厚厚的一堆操作步骤，标注上时间、关键成分、克数和比例，带回家细细揣摩。周六，我拿着小本抄了一些必备品及品牌、价格区间，出门采购。

我当时生活的万丰路和靛厂路路口就有一个不小的菜场，平常的青菜肉类在这儿都可以买到，但是说到烘焙，这里可什么都没有。那时候流行上55BBS，看到一些烘焙达人推荐的岳各庄批发市场离我住处大概就三千米，自行车轻松可达。我约上几个朋友来家里吃晚饭打游戏，然后蹬上了那辆旧自行车。

沿万丰路往南一千米，再往西沿京港澳高速两千米就到。左手边是飞驰而过的汽车和大货车，右手边是一片树林，那是个难得的好天气，我指的是，在冬天。没有风，阳光和煦，虽然呼出的白气能看得清楚，但是脚下运动起来，一点都不觉得冷。这一段是上坡，骑得并不轻松。

一辆平板三轮车从我旁边跑过，骑车的大爷满面黝黑，头发蓬乱，大概也是赶去岳各庄采购的。他回头笑眯了眼，大喊道：小伙子！你胎扁了！

果然，前胎几乎快不行了。出门时看着还好好的，这一小会儿就挂了。进入冬天来我一直没骑车，每天都赶公车上下班，这破车还在我家楼下没消失我就已经感恩戴德了。

我推着车走到批发市场，全身上下都暖和了。市场分散大片的很多很多栋两层楼房，门前的停车场遍布大小货车和板车、面包车，尽管北京是个干燥的地方，这里的地面却到处都是湿漉漉的，冲洗菜品、运输海鲜——从踩过的路边泥水我能很容易猜到这些水是从哪儿来的。

随机逛了两栋楼，几乎没有和我一样来给自家买菜的客人，任何一家店里商谈的都是几十上百公斤的大生意，谈好了便把面包车车尾直接对着店门口开始搬货。搬完货的汉子掏出一沓钞票，沾上口水点好数递给店主，店主也在食指沾上口水，再过一遍那些纸币，完事再说一些下次还来的客套话。

我在一栋还正在装修的楼的二层找到了卖烘焙用品的店铺，店里弥漫着新鲜的装修味道，相比之下似乎肉禽的血腥味更好闻一些。我半捂着口鼻挑齐了打蛋器、油刷、刮刀、量杯、烤盘、电子秤、黄油和锡纸，塞满了一袋子速速离开了这栋楼，另外找了一家店买上了低筋面粉和马苏里拉，才算是大功告成，这里的价格不比淘宝上贵，这也是我专程跑来的原因之一。

离开的时候经过一家卖甲鱼的铺位，几十只面相狰狞的扁平动物在水缸里游来游去，店主在忙着称重算账，小孩在水缸边爬来爬去，一点也不顾忌裤子早已又脏又湿。看店主的表情喜笑颜开，估摸着这天生意不错。

重回到阳光中，门口几辆板车在等着什么，几个老农聚在角落里抽烟，其中一个朝我指了个方向，说，那边有打气的。

我把一袋子烘焙工具挂在左边把手，五斤面粉挂在右边把手，花两毛钱给前后胎都打足了气，歪歪扭扭地往回家方向骑。回家的路大半是下坡，不费力气，但是迎面而来的风吹得我鼻涕直流，太阳也渐渐西斜了。

忙碌了两个小时，一锅一锅的蛋挞陆续出炉。朋友们挤满了那个三十平方米的小房子，供暖不足但是人多也就不冷。我架上Wii，四个人四个手柄一起玩超级马里奥，闹腾得鸡飞狗跳。由于我的蛋挞很舍得放黄油，并且买的动物黄油比较好，大家纷纷夸赞比肯德基的蛋挞好吃多了，尽管看相惨不忍睹。蛋挞是甜点，大家打游戏的过程中我又做了一张烤焦的比萨作为主食——这真不能怪我，总编给我的烤箱只是入门级别，腔体太小，温控粗略，仅仅够把食物做熟而已。

从北京的西南边，搬到西边，再搬到北边搬到东边，最后搬到东北边，北京的生活，就是租房搬家的生活。我再也没去过岳各庄这样的农贸市场，烘焙也没再倒腾过。每种点心，我学会的第一次往往做得还比较好吃，再做第二次，就变了味道。大概是因为总在摸索的过程中揣摩改良和修正，反倒偏离了原本严谨的配比和时间，厨房这事情，我始终不是真的擅长。而《变形金刚》大电影也从一拍到了四，我的书柜里渐渐收集齐了MP系列的变形金刚玩具们，总编送我的电影版擎天柱，也早已不知被扔到哪儿去了。就连那台烤箱，也不知道留在了哪套房子里没有随家当搬走。

而菜市场于我，也变成了BHG和果蔬好二选一，BHG菜价太黑，两个普通土豆十多块，所以自从知道了东湖湾的果蔬好之后，总是不远数里驱车前往。果蔬好自带停车场，人多的周末得排队入场。既然跑来，我们总是一次买够一周的菜，赶到晚上九点，蔬菜还有特价——十块钱三把或者四把。果蔬好里都是净菜，在明亮的灯光下看着似乎干净得能直接下嘴，菜品码放也整齐有序，服务员们着装整齐，并且时刻跪着把地板擦得一尘不染，即便是海鲜水产区域也窗明几净。称重的时候他们鞠躬敬礼，结账的时候他们热情道谢。我唯一不满意的是他们的背景音乐，总是重复着同样的那几首欧美榜单曲目，去得太多或者逛太久就耳朵起茧。逛着这样舒适的菜市场，我仍然会时刻回想起曾经去过的那些灯光昏暗、吆喝和争吵混杂的社区小菜场，那些沾满泥土仿佛刚从地里刨出来的青菜萝卜葱，似乎比这儿包在保鲜膜里的更有温度。

后来，家附近的望京SOHO旁也开了一家新的果蔬好，品质和陈列及服务都一样，但是去过两次后，总是没有东湖湾的那家有感觉。于是我们什么都没买又出来了，开上车奔赴离家更远的东湖湾，去寻找熟悉的买菜体验。这时我突然明白为什么我会时常想起那些脏兮兮的菜场，因为它们曾经和我的生活建立了一种关系叫作熟悉，在熟悉的场所，我们非常明确我们要的那样东西摆在什么位置，我们知道走到哪个转角可以拿到什么，我们也很熟悉收钱的接受支付宝还是微信支付。

生活既在岳各庄，也在果蔬好。生活就是你贫穷富有都得先伺候好自己的肚子，生活就是在不断的迁徙中和周围重新发现的一切建立起新的熟悉关系，生活是偶尔还能回味骑着破单车去岳各庄买最好的黄油，是晚上九点后开着宝马去果蔬好扫荡当日特价蔬菜和临近过期日的半价牛奶。

玩『皮』。

一晃又有一年没做皮具了。

那年我背着全套制皮工具跑到涩谷住下，打算做个与世无争的匠人。关了几天，做了几个卡包、零钱包，然后……然后就满东京逛街花钱去了。

涩谷，哪是匠人能待得住的地方。

三年前我沉迷于这项爱好，几乎每两天都做一个新玩意儿出来，卡包钱包、工牌行李牌、单肩包女包。从小羊皮到牛皮植鞣革，还有袋鼠皮鳄鱼皮再加毛毡，家里囤了数千个金属件，很快也不满足在国内买皮，而专程跑到日本一捆捆地抱回北京来。同时也给家里的工具升级了数次，越用越顺手。

工具对于玩手工皮具有多重要，不需要我多说。工欲善其事，必先利其器，这句话说得一点都没有错，所以我一直就是装备党。

十多年前我就想过自己动手做皮具，但是第一关就没能突破：皮具的各种刀、板、线、油及辅助工具太复杂，靠自己摸索很难入门。五年前我一个同事突然悟透了生活，辞去工作南下珠海安心做手工，我和他提到我曾经动过学皮具的心。两个月后，我毫无准备地收到了一个大包裹，里面是他送给我胁迫我入门的全套制皮工具及几张碎皮。就这样我踏上了手工皮具的漫漫长路。

皮具最重要的工具是刀，除了裁皮刀之外，各种弧度的转角刀、打缝的十毫米刀以及各种打孔的菱斩平斩还有各种直径不同形状不同的打孔利器我都算在刀里——它们都能轻易划破你的皮肤留下伤口。各种刀用途不同，但如果是要做简单的东西比如基本款卡包，那其实不需要太多工具，所以最早我从卡包做起，几件简单的工具就能做出来各种款式的卡包。这里我想说的不是教程，自然不在制作工序上花太多口水。我想说的是皮具里的设计和心境。

我自己做皮具之前，觉得一个手工包卖两三千太贵了，后来我明白，两千左右才是成本价而已（况且我一个小时光说话都能赚两千）。那些高端品牌的五位数的皮包，价格简直一点不过分，还能包治百病。

很多做皮具的人都是参照一些经典款式学习和模仿，而我毕竟是设计师出身，再加上小时候看妈妈和小姨做衣服耳濡目染，于是一上来就自己设计皮具。我做了很多小东西送给朋友和同事，几乎各个都不一样，我不太想做相同的东西。再加上我那一段时间的本职工作是负责在中国推广扁平化设计风格，所以我做的各种皮包都走的是极简风格。总是有人问我做一个包需要多久，我说半天的时间是要的，但是看成品似乎觉得好像不需要那么长时间。我很享受在台灯照耀下对皮边的细致打磨过程，一丝一丝削薄，再一点一点磨平，再涂上边油反复磨光，那过程简直再陶冶情操不过了。

我不敢滥用匠心这个词，因为我自认我做的东西的质量还不配，但是既然能享受这个过程，也大概具备向匠人发展的基本条件了。国内很多行业开始乱用“工匠精神”这个词，只不过是他们美化商业的另一种说辞。真正谈得上精神的，应该对作品极其苛刻，不计成本，并且怎么样都觉得不满意、不能见人，更别说招摇过市去招徕客户了。

只送，不卖。我做的东西向来都是送人，朋友们让我批量制作可以卖个好价钱，但是批量生产确实是件极无趣的事情，虽然它高效。

很多人有了技能就想赚钱，或者是赚钱的过程中觉得做得稍微认真一点就叫工匠精神，要我说：为了赚钱才成为匠人的那些人，从来都是没有精神的。真正的匠人精神，就应该像以前的很多艺术家一样，活着的时候不问商业，凄凉死去后作品才被炒出高价。很多事情，当你不以赚钱为目的去做它，会发现很容易就能做得更好。

做一个包大概需要两个半天的工作时间，每半天两到三小时，暂且就算五个小时吧，其实做三个同样的东西，也就需要六个小时而已。我就这么尝试过一次，做了三个一样的护照夹，效率是很高，但是我并没有太多成就感。定制才是有意思的过程，比如我给当年我的老板做了个黑色行李牌，冲绳扛回来的NAPPA皮配RIMOWA箱子格调满满，行李牌搭配手链金属扣。行李牌里面还有玄机，我贴进了一张NFC芯片，芯片上记录了名字、手机号码和邮箱。这样如果有人捡到它，用带有NFC功能的手机贴上感应一下，就会自动给失主发送短信。当年NFC大有要红火起来的势头，我为此还得意了挺久。可惜后来，就没有后来了。

一件皮具，如果真花了心思去思考它的设计，以及去想象将来用它的人会希望它长成什么样，由此反复推敲改良直至自己基本能接受，最后出来的成品才是无价之宝。以至于后来做的一些东西我舍不得送人，只留着自己用，因为那是为我自己量身定造的。后来我去冰岛买了几张鱼皮，爱不释手，不想做成任何东西送给别人，就想自己每天摸着。

我欠了好几个朋友的包，要设计一款最适合他们的包并不容易，我虽然足够了解他们的品位和格调，但是还得从功能及美观上考虑，同时还得考虑——凭我的本事做不做得出来。很多行业流行定制，但是很少有产品定制得好，真正的定制是要深入认识这个人，而不是简单问几个问题就够了。比如摄影，如果摄影师今天刚认识你，你不要指望他能从你的动作神情中挖出什么表现力；比如婚礼主持，如果你婚礼的主持不是你的朋友，那无论他如何专业，这个环节都会非常俗套，因为他就说说套话念个模板而已；再比如说文身，如果文身师和你不熟悉，不知道你的行业、兴趣、喜欢的音乐，那你和所有的客人没有任何区别。

当我意识到这个问题之后，我开始琢磨学习文身。

女孩子文个单词文个小图案，男的在文身店的图册上翻出个不知道是什么只要霸气的图就行，躺在苏梅岛的海滩上也会有泰国农民随时跑过来用中文问要不要“画龙画虎”。如今文身早已不是什么禁忌，今年北京街上的大花臂激增，威风归威风，但不外乎是龙虎豹图腾一半是海水一半是火焰什么的，我看有些手上戴着佛珠蜜蜡的人应该并不太懂自己手臂上的浮世绘是什么含义。

早些年第一个文身是我自己半画半改的，把手稿扔给文身师调整了一下便上了身。后来每次文身我都很谨慎，既然是要留一辈子的，一定该是自己非常喜欢及认同，并且和个人气质一致，而且要重新赋予了个人含义的。我不觉得一个陌生的文身师能帮我画上适合我个人风格的东西。只有自己会文身，才能确保自己画出来的文身手稿能被顺利实现，并且知道实现出来是什么效果。

我这个装备党，又买齐了全套设备，开始倒腾。稍微入门之后，又把装备以价格乘以五倍的规格升级了一次，有了名牌马达机，还有限量版的文身手柄，以及上好的金属针托。我买了一些练习皮，从简单的字母形状练习到复杂的图案，但是一直没有真人上手，后来只能瞄准了自己的大腿。

练着练着突然发现了这个事情是没有意义的，因为我并不想通过给他人文身来赚钱——尽管这一招收入会不错，我学习的目的是为了更了解文身图案，这个目的我已经达到了，就够了。从牛皮玩到人皮，这中间真的只是兴趣爱好和对知识技能的追求，很单纯，没有什么更伟大的精神在推动着。

所以，好玩就行，扯什么匠人匠心。那些华丽的辞藻只不过是当事人想堂而皇之地卖个好价钱时使用的话术，工匠精神需要用一生的安静避世来沉淀，你我富足地活在世俗中都和它扯不上关系。李宗盛做手工吉他我也认了，那些创业的做个App就说工匠精神又算什么玩意儿呢？

堵在路上的浮华。

从798艺术区出来往北，在路口等待四五次变灯后，穿过大山桥，我离开了酒仙桥的区域，来到望京，交通状况瞬间恢复正常。方圆三千米范围内的车，都扎堆在混乱的机场高速大山桥下。

前三年的每个工作日早上，我都这样离家去上班，每个傍晚我再沿原样道路回来。早上开过去半小时足够，回来得四十分钟到一个小时，而这段路如果走着去的话，十六分钟能从家走到公司。无奈我白天经常要开车去中关村或者国贸等地方开会，不可能真走路去上班。

那时我住在798艺术区正门的第一栋公寓，旁边就是360的总部。每晚我在楼下遛狗，都会看到无数的年轻男女慢悠悠地下楼来赶八点多的班车。360的楼后停着近十辆大巴班车，分别开往各个主要的地铁站，据我长期遛狗观察的结果显示，八点半那一趟班车走的人是最多的，也就意味着360的员工大多在那个时候下班回家。

可那时候我都已经吃完饭出来遛狗了。

我们俩选在798居住的原因很简单，这里在我和白老师的公司中间，离我公司一点六千米，离她公司也一点六千米。无论开车还是走路都能方便抵达。然而搬来的第一天，白老师就差点迟到了。

那天她的车限号，临时下楼打不着车，时值滴滴打车还没真正流行起来，正着急，一辆沃尔沃停在她面前摇下窗。

居然是当年我们婚礼的花艺师！他们的工作室就在798艺术区里，每天必经我们楼下。那天多亏有他相助，白老师才赶上了晨会。

事实证明在798可以遇到很多人，老朋友老同事，小明星大明星，还有各个剧组。一到周末，整个艺术区水泄不通，来看展的和来摄影的文艺青年们怀抱着无穷的好奇心穿梭在各条小巷里（当年我刚到北京时也来这里拍过照），无数的大小车辆停满了几个停车楼再停满了所有的路边。尤伦斯和751大罐子总是有着开不完的发布会和隆重庆典，豪车红地毯来了又去仿佛世事更迭。而一到晚上九点，那些浮华绚烂和烂漫情怀都通通消失得一干二净，寂静的798成了我们遛狗和散步的后花园。

在里面住了三年，我仍然没有弄明白那些路名，每每有人向我问路，我只知道火车头广场和尤伦斯艺术中心。其他的路名都不尽相同，一时间根本想不起来哪条在南哪条在北。

也怪我自己，在这儿住了那些年，798里的那些小店和咖啡馆去的次数非常有限，明明住在酒仙桥咖啡馆最集中的地区，却偏偏要舍近求远去那些开车才能到达的咖啡馆。798园区里的也就去过洞房咖啡（Cave）、FLATWHITE和AT cafe等有限的几家。这些店大多关门时间太早，很多在八点九点就打烊休息了，也难怪我只能出去找地方待着。

往东几个街口到丽都商圈，皇冠假日酒店一层的餐厅是个不错的去处，而要说想好好写东西办公的话，自然还是往西去到将府公园门口的漫咖啡。这个独栋的漫咖啡环境清幽，门口停车场免费。停好车能去将府公园先慢跑或者快走几圈，运动妥当了再进到漫咖啡坐下看书或者工作，什么都不耽误。据说将府公园附近要盖亚洲最大的水上乐园，也不知道在这旱地里最终能弄个什么东西出来。

798往南，过了恒通商务园和兆维工业园，就是如今北京最炙手可热的商场颐堤港。在北京居住的十几年中，我有幸先后目睹了朝阳大悦城和颐堤港两个商圈从荒芜到繁华的过程。当年我住在大悦城旁边的天鹅湾，看着商铺们一家家入驻大悦城商场，从装修到开业到人满为患。待我搬到酒仙桥，又看着颐堤港从空空的门脸变成越来越受欢迎的新去处，而几年来里面的店铺也几经兴替，最早二楼的迪巧咖啡馆是我开始翻译*Keep it*

*Simple*的地方，而当这本书出版时，这个位置早已经变成了无敌家拉面。

颐堤港的建筑设计很别致，一层的室内广场常年用来举办各大电影的发布会，我在这儿见到过马特·达蒙、小罗伯特·唐尼、Angelababy，还有《星际迷航》的Spark，当然他们被里三层外三层围着，我只能远远张望。紧挨着颐堤港的东隅酒店二层的Domain咖啡也是我经常待着的地方，和崔健开会在这儿，和艾未未合影也在这儿。而这些对于在颐堤港写字楼上班的人来说，都太小儿科了，更多的名人每天在眼皮底下来来去去，看都看腻了。雾霾肆虐时，颐堤港成为酒仙桥及望京居民遛宝宝的好去处，周末的室内广场永远像一个儿童乐园。而作为商场加写字楼，它最值得肯定的是地下车库设计非常合理，停车找车都很轻松，这一点把朝阳大悦城甩了好几条街。

说到明星，大酒仙桥从来都不缺。颐堤港往东的阳光上东和丽都应该是北京较早的涉外住宅区，很多一线明星名人在这里都有置业。有位朋友搬入阳光上东不久，他在朋友圈写道：在早餐店遇到阿北，在门口碰到廖凡，去地库取车跟在吴秀波身后，在健身房跑步，旁边是李晨……感觉自己拉低了小区的知名度。阳光上东门口有两个进口小超市，其中婕妮璐前阵子撤店了，绿叶子超市还活得不错。某个夏夜我去婕妮璐买酒，在我前面结账的是以前TVB的帅哥魏骏杰，当年看《刑事侦缉档案》时我特别喜欢他，但中年发福的他站在眼前时我却久久想不起他叫什么名字。

诺金酒店是酒仙桥区域里继东隅之后的新派酒店，大堂吧古色古香适合喝茶谈传统行业大生意，去过一次，确实是谈个大生意，而后再没进去过。诺金不远处就是李亚鹏开的咖啡馆，自从窦靖童去做过一两次服务生体验生活之后，这家咖啡馆常年聚满了年轻人，而且几乎都是一对一对的女性，她们不是来看书也不是来办公，她们大多面对吧台坐着，苦哈哈地等待着哪天窦靖童再次出现。

大酒仙桥既有浮华，也不乏朴实，从颐堤港往南，便会穿过常年拥堵的南十里居老街坊，道路左右都是三层四层的红砖老楼房，没有围墙挡着，也没有小区的概念，路边遍布着各种小吃和手工拉面店以及修鞋配钥匙的，尘土飞扬中热闹非凡。老社区也有自己的商场：久隆百货，这家不连锁于任何企业集团的百货商场一层主要售卖金器，整栋楼最响当当的品牌当属肯德基。在拔地而起的阳光上东高楼笼罩下，这片老房子多年仍未得到拆迁改建，而门口这条酒仙桥路翻来覆去修了又修，终于扩宽了一点，但是排水排污总是未能妥善解决。一到下午三点多，来酒仙桥中心小学接孩子的车辆就把这条路封得水泄不通，而这只能算是日常，2016年过完年后的第一个工作日的早高峰，这个四向各只有两车道的十字路口严重堵塞四个多小时，很多原本九点前能到公司上班的人只勉强能赶上午饭。

堵车是北京永远的痛，而大酒仙桥是四面都堵，每天早晚进出酒仙桥的车辆活生生把这里隔绝出了一个小王国。酒仙桥的东面有一条至今还在运转的铁路线，穿过铁路的公路路口就变成了常年拥堵之处，其中最严重的当属酒仙桥东南处，那儿几个小区的胡乱停车已经把市政道路占了一半之多，四个方向的狭窄道路搭上铁道线，俨然形成了中国传统的某种榫卯结构。火车来时各个方向能堵上一千米多，而火车走了栏杆抬起时又因为势均力敌谁都寸步难移，经常直到下一趟火车要来了，这些车还纹丝未动。

随着58同城及美团等网站搬到798东面的电子城新地界，酒仙路北端也变得更加拥堵。每天早晚数以百计的大巴车载着盯着手机屏幕的有志青年上班下班，每天早上十点数以千计的带尾箱电动车整齐地冲出电子城，他们着装整齐，黄色的冲锋衣背后印着一只袋鼠。而半夜时分的酒仙桥路总有超跑呼啸而过，这里也是市区最靠近机场的地方，如果夜晚去接机，十八分钟即可到达首都机场二号航站楼，打车回来也只需七十块钱不到。

798待腻了，一年前我搬到了酒仙桥最南端的小区，其实这里已经出了酒仙桥地界，和酒仙桥就一丈之隔。每天看着车流从我家楼下堵起，预计一直堵到我原来的住处，绵延不绝。

生活总不能永无止境地堵在路上，现在我向西跨过四环，就是市区最大的朝阳公园，夏天我偶尔去公园跑跑步，空气不好时便去阳光上东旁边的健身房游泳。

前两周一个傍晚，我路过阳光上东楼下的招商银行去健身房，四下无车便加速通过，这时李晨牵着范冰冰的斗牛犬横过马路，我们互相吓了一跳，然后迅速绕过，想想在这儿要制造个大新闻也不过是个非常简单的事。

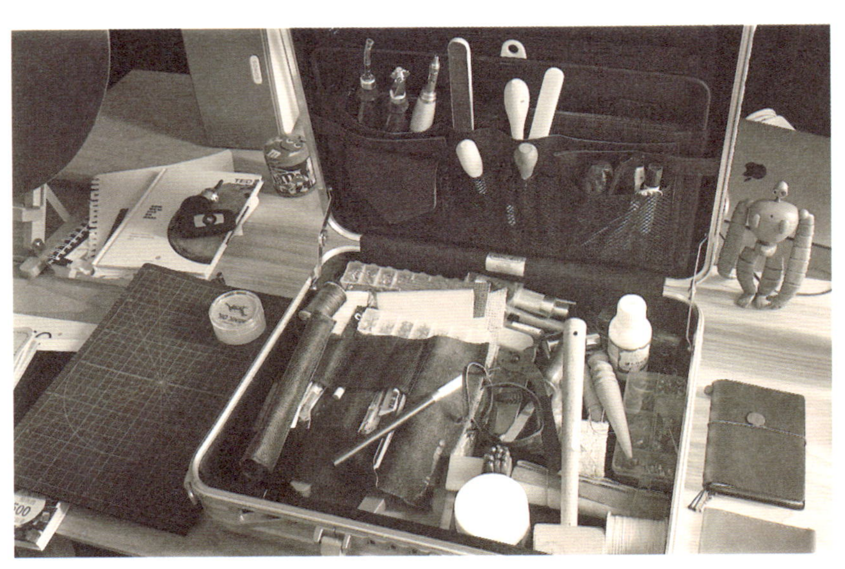

。

杂乱的工具正好塞满日默瓦的手提箱。

阳光灿烂，正好看书。

。

与姚谦合拍广告片的我家狗子。

。

家是最安宁的角落。

PART 4

生命中的温暖与爱

TAKE TIME TO WASTE YOUR LIFE

把力气花在你想要的生活上

2
3

他们是我生命中的过客，有的短短一面，有的长伴数年。

他们告诉我哪些是好、哪些是坏；他们帮我接触真相，也更靠近现实；他们有意无意地影响我，他们也千方百计地阻拦我；他们以自己的处世之道让我明白冲淡在白水中的感动，他们也以近乎让人反感的方式来对人好。

我们一再相交却又擦肩而过，但是不影响彼此留下珍贵回忆。那些仅有的沟通余音缭绕，人和人相投或相斥都已经不算重要，在漫长的生命旅程中，能有过欢声笑语，也经历过求同存异，就已经不枉此行。

撞破南墙，才是老崔。

我完全不可能记得什么时候第一次听崔健的歌，无论如何不会晚到我大学做乐队听打口带的年代，那已经是2000年了。80年代末听小虎队，90年代初听四大天王，而后是校园民谣、Beyond和魔岩三杰，这是我印象中的顺序，我应该在四大天王之前就听过老崔的《一无所有》，但是在校园民谣之后才清楚地知道老崔是谁。那些曲目大家耳熟能详，而我真正印象深刻的其实是喊着1234567的《新长征路上的摇滚》，那时候我正在学马上要热门的Flash，老蒋做的这首歌的动画MV非常传神，成了我临摹的对象。

这很真实，真实到回想起来觉得那些岁月都压缩在一两天之间。那些年轻的躁动，在职场工作中早已消失殆尽，虽然我把涅槃的Nevermind文在了肩膀，但是再听到《少年心气》时也只有一些感动而不会再有冲动。这就是青春，已经去了，就是去了。

这两三年来，我都是这么认为的，直到那天我和崔健见面，在他的工作室，我们对坐在餐桌两端，开始了那些对话。他把我关在录音间听完他的整张新专辑《光冻》，然后才放了出来，谈感想。

第一次，2015年秋，老崔的工作室。

听歌之前老崔把新专辑的九首歌词都打印出来给我。看着打印出来的九张A4纸，每首词字体、字号、排版都不尽相同，让我这个设计师出身的人强迫症发作——但是看得出来都是他自己亲手在电脑上敲下的字。

毕竟是第一次看到活的老崔，我很紧张，那天总说错话。我说整张专辑听下来，还是以前那个崔健，我还以为会有些妥协，原来还是那个味道。他说还是有改变的，他问我印象最深的是哪首。

《外面的妞》。我没听大懂。

怎么会听不懂？红星白帽下的老崔笑了，非常有兴趣地探究为什么我没听懂这首歌，让我赶紧谈谈感想。我吧啦吧啦说了一堆，说了我从歌词里抽象出来的那些隐喻和指代。老崔说，你想多了，没有那么多含义，就是歌词明明白白写的那些意思。就是说的这个社会里青年的压抑，就是要射中你的星球。

就这么简单？

就这么简单。

我想是我变得复杂了，在成长的道路上，偏离音乐越来越远，离纯粹越来越远，一不小心就变成精致的利己主义者之一。于是我们抛开手上要做的App项目，完全聊起了音乐。或许因为不是访谈，老崔说话随性很多，我们对于什么年龄群体喜欢听他的歌有不同看法，甚至因为平克·弗洛伊德有了点争执，当然，老崔强调，这不叫争执，你不要曲解我的意思，是平等的交流。平克·弗洛伊德是很不错，但是我们的青年更应该看看中国的东西，中国不是没有好音乐。

那天回家路上，我想了很多，情绪久久不能平复，我在朋友圈里也表达了我的激动。激动不是因为见到他，而是因为他后来和我说的那些话：关于音乐态度，关于音乐市场，关于现在的年轻人，关于他即将登台的真人秀节目。我迫不及待地和老婆大人分享：十年没出专辑的老崔都没有老，我更是还青春着。那些冲动和兴奋，还有可以放大到爆裂的情绪，被他几句话，就瞬间点燃了。

老崔，其实你不光可以用音乐来感染人。

那天离开之前，我提出想合个影，老崔摆了摆手说下次下次。他的经纪人尤尤送我出来，告诉我老崔其实很害羞。

第二次，2015年冬，三里屯某餐厅。

我们围坐一桌，包厢外餐厅的一众服务员严阵以待。和Logicdesign一起合作的“崔健App（iOS版）”有了基本创意，我们给他讲讲我们的构想。完全依照他上次提出的“脚踏黄土，仰望星空”的概念，用全景和第一视角来表达广袤的空间和地球宇宙，用手机陀螺仪来实现交互。他的表情从严肃转成微笑，最后他伸出两个大拇指，说，放手去做吧，交给你们我放心。

我与不少大公司和大企业家合作过，但是很少遇到像老崔这样干脆的甲方。专业的事情交给专业的人做，既然建立在充分沟通的基础之上，剩下的就是信任，相信你托付的乙方能以专业素养来完成你要的工作。这些话谁都会说，但是真正到了项目里，往往甲方都会跑出来指手画脚朝令夕改，这些字调大几号那个颜色我不喜欢等——这些事情，在和老崔合作的过程中，通通没有。

聊音乐，你专业；说设计说产品，我说了算。

那天散场，我没要合影。尤尤说有家老牌科技公司想和老崔合作，但是这圈子他们又不太熟，想先找我了解一下这个品牌，我说咱们线上沟通。

第三次，2016年夏，东隅酒店XIAN Bar。

经纪人尤尤约了我两点钟见，说老崔想和我聊聊一些好玩的创意，听听我的建议。我迟到了，过了两点半才到，一路上随着堵车的车流，我一路想着，完了这次说不清楚谁大牌了。不过真不怪我，四环出口上连环车祸，谁都动不了。

停好车上到东隅的时候，老崔已经在接受下一个访谈了，灯光摄像话筒和北大几个老教授围绕着。我在旁边沙发上窝着，喝水，偷拍，尤尤说拍吧拍吧我懒得管你了。

访谈结束，老崔匆匆应付了签名和合影之后坐到我面前，我把短袖右手袖口尽量往下拉了拉——因为那儿新文了一个平克·弗洛伊德的《月之暗面》的封面。老崔和我说了一些目前需要保密的东西（当然现在也不能写出来），听得我一愣一愣的。

我说，老崔您的想法确实超出现在我们日常思考的方向很远，如果能够多方协作一起落地，想必又是革命性的，但是中间也许有些困难1234567……

老崔听得很认真，尤尤说上次问过我的建议之后，老崔已经接受了那家科技公司的合作方案。时间到了，老崔起身和我握手（看来是谢谢我的免费顾问服务），这时两个路过的男士打了个招呼然后左右夹起老崔拍了个合影，老崔勉强笑了笑，看了看我。

我就不要求合影，我等下次。

我花了一晚上消化老崔和我说的那两个神秘项目，作为中国摇滚的领路人，真可谓一步领先，招招领先。你可以说这是眼界，但我更认为这是有着宽广胸怀的人对远大抱负的念念不忘。相比起来，开公司、造科技、卖耳机、做估值，又是多么肤浅的一些事情。

三次和老崔的正面接触，让我从三个不同层面收获了很多和音乐不直接相关的东西。在IT互联网及设计圈里待太久，很多时候都是我去启发别人，我一直往外掏东西，反倒是没有太多外来的知识及灵感给我补充。老崔的歌我也不是都听，所以无所谓从音乐上去评价太多，他的歌词直接果断，我的文章时而内敛时而张狂，但是抛开音乐和创作不说，他也足够称得上是一个意识形态领袖，一个亦师亦友的没有距离感的合作伙伴。

9月30日，老崔在工体举办了出道三十年的大唱，年初我曾建议过他在自己的应用中开直播，直播排练现场和演唱会后台，他拒绝了。我也建议过他现场动用HoloLens等虚实结合的黑科技，他最终没定。但是无论如何，那天的现场上，我们收获的不只是音乐和怒吼那么简单。那些坚定的信念和态度、死不回头的前进步伐，还有那标志性的鲜红五角星再次感染了所有和我一样的曾经热血的青年，你们没死，你们还能挥手还能pogo，你们头发浓密和头发稀疏的都还青春，所以你们不必压抑上天赋予你们的抗争权利，不必妥协，不必回头，就和老崔一样撞破南墙，死不回头，再唱三十年。

和渡边空的三个小时。

在我离开福冈前的最后一天，airbnb的房东发消息给我，说他朋友听说我是微软中国的，特别想和我认识一下。他提议一起吃个饭，我说我会回来比较晚，要不就去家里喝杯水聊聊吧。其实我能猜到和日本人吃饭的烦恼与尴尬，既然第一次见面，你听不懂我我听不懂你，还是不要直接上饭桌的好。

晚上六点多我下了地铁，走路五分钟回到门口，正找钥匙开门，一位大美女从屋里打开了门，鞠了个躬，笑嘻嘻地用英文说："你回来了！"

原来房主说的这个朋友是个姑娘，还是个比普通日本女人眼睛更大一号、比普通日本女人高一截的美女。而且她一点没有我之前在街上在店里接触过的日本姑娘的那种羞涩和腼腆。

有种宅配感。现在倒是我比较尴尬了，早上出门时我把替换下来的袜子和内裤随手扔在地毯上了。没料到她会拿钥匙直接进屋。

她叫渡边空（这之前我只知道另一位老师叫苍井空），是瑞典和日本混血，在欧洲上过学，后来一直在日本生活。难怪她英文这么好，而且性格外向。从离开北京到日本个把礼拜的时间里，我已经闷坏了，没有人能好好说说话，北九州这儿的人们普遍比东京大阪人的英文更差，他们听不懂我讲什么，我也不明白他们在表述什么，在街上能买成东西已经算是极致的成功了。

她向我打听微软在中国的情况，我告诉她我们认认真真地把Windows Phone做砸了，她说日本就没有Windows Phone，日本除了iPhone只有SONY。我告诉她我不喜欢印度人，除了“三傻”的主角。她说她也不喜欢印度人，还好日本印度人很少很少。她问我为什么离开微软，我说因为我不喜欢印度人。

她说她在福冈的苹果店上班，我说：Really？我这些天经常站在苹果店的玻璃墙外面蹭网，但是没有见到她。她说她在里面的办公室，负责修手机。

负责修手机……修手机……修……手……机……

鬼子你们真是行啊，这么能言善辩的花姑娘你们让她在后面修手机！

聊到修手机，渡边很专业，有些词我已经听不懂了，毫无疑问她的英文词汇量在我之上。我说我曾经给iPhone 4和5都换过屏幕，得花半小时，很复杂。她说那太简单了。我问她是苹果卖得更好还是SONY卖得更好，她说以前是SONY卖得更好，这两年越来越多的人不喜欢android了。她说SONY除了手机之外，其他产品几乎都占最大份额。我问她日本人买iPhone给屏幕贴膜吗？她反问我：苹果从没有生产过官方的贴膜吧？

我们盘腿坐在地毯上，中间隔着宜家的木色小茶几。一会儿就八点多了，我问她要不要一起吃晚饭，她说她晚饭约了人。

我们聊到了airbnb，我们一致赞同这是个好东西，我们能通过它认识很多来自世界各地的人，一些有意思的人。我问她之前和中国人有过交流吗？她说没有，她对中国人很感兴趣，但是没有中国人愿意开口多说一句话。他们就在苹果店里指着这个指着那个，每种产品买上好几个。

我聊到这两年我看得最多的一些书，川端康成、三岛由纪夫、村上春树和渡边淳一，还有东野圭吾，这些名字我不知道用日文如何发音，于是在纸上写下给她看，好在我写中文她基本能认出来这些人都是谁，她在我写的名字下用字母写下这些名字的英文发音，告诉我怎么念。她说她知道他们，但是没有看过他们的书，她不看日文书。我说那个一半名字和你一样的渡边淳一的《失乐园》非常不错，她说她回去找英文版看看。我说到漫画，鸟山明、藤子不二雄、高桥留美子，她倒是都知道，说到反町隆史、福山雅治，她也特别兴奋。

我们不可避免地聊到了战争，因为我头一天刚去了长崎。她说无论如何战争都是很残忍的，中国在战乱中受到的损伤太大，各方面都很大。她不太了解历史，所以似乎很想尽量避开这些话题，她说人民都是无辜的。

过了九点，我再次提出一起吃个晚饭，我也饿了。她还是婉拒了，说有朋友等她吃晚饭，但她又不愿意起身离开。我们继续聊着，聊到了旅行。我告诉她我来过日本不下十次，因为我去了一趟冲绳所以办了三年免签，接下来我要去北海道。她非常羡慕，也表露出一点遗憾。她去过欧洲很多地方，也去过东南亚很多地方，但是冲绳和北海道她都没去过，也许我去的日本城市比她更多。她没去过中国，我问她想去吗，她说想去北京和西藏，但是不敢。

转眼十点，见我总是看表，她说她得走了。她两个小时之前就说过她得走了。我在地毯上已经换了很多个坐姿，盘腿坐着怎么都不舒服。送她下楼之前我们坐在床边拍了一张合影，光线暗淡，不忍直视。

43

局长良良。

最近两次见到良良时，他都穿着深灰色立领正装，扣子开着，里面是白衬衫。他的肚子一年比一年大，就仿佛他不是故意敞着外套，而是根本就扣不上。透过他的衬衫，我依稀能想起他胸口那道长长的伤疤，那缝过几十针的痕迹，看起来像一条粗壮的蜈蚣竖直吸在皮肤上，把左右胸膛一分为二。

那时候我们一块在学校澡堂里洗澡，我头一次看到那道伤疤时极为震惊，而他习以为常地不加掩饰，即使更衣室里走来走去的人都看着他，他也没觉得不好意思。他坦坦荡荡，反倒让我以为长了伤疤的人不是他，而是我。

良良是我的朋友中唯一一位公务员，并且是坐到财政局局长这样高位置的公务员。但你们不知道，十几年前我认识他的时候，他是一个彻头彻尾的文青。

“我是你闲坐窗前的那棵橡树。

我是你初次流泪时手边的书……”

十九岁的我正在寝室床边坐着练吉他，这个披头散发的同学冲了进来，就像要打架：“谁是朱宏？”

他环顾了一下呆呆望着他的一众室友，笑笑说道：“听说你们组乐队，我要报名。”

他大我一届，在他们大二没有人组乐队，只有几个闲散人等偶尔玩玩吉他。良良是他们中技艺最好的，坐下就给我弹唱了一首*Tears in Heaven*。我们一寝室的人当场就被震住了，几个坐在上铺看书的同学啪啪地鼓起了掌，隔壁两个寝室的人也围了过来。

见围观者众，他旋即又弹了一首，朴树的《白桦林》。

弹罢他甩甩长发，说：“我说你这琴，音没调准啊。”

从那以后，良良得以随意进出我们班任何一个寝室。不单是因为他那次弹唱扬名立万，更因为他还是个电脑好手，我们班无论谁的电脑内存不兼容、CPU超频超坏了，或者遭遇病毒硬盘自动满了，通通由他操刀搞定。如果哪天他说没治了，我的同学就会拉上他一块上电脑城去买配件，完事请他下馆子吃饭。

有次乐队排练完后，我们约着一块去澡堂洗澡，我看到了他身上那道疤，触目惊心。

“怎么弄的？好像很大的事情？”我弱弱地问。

“刀砍的。”良良指着自己胸膛，淡定地说，“老子一个挡十个，只留下这一处伤。怎么样，厉害吧？”

“厉害，厉害。”我直吞口水。心想今后我可有人罩着了，别看他和我差不多高，也不壮实，原来还是一狠角色，今后得罪谁可都不能得罪他。

洗完澡出来穿衣服，我又偷瞄他那道疤痕，他发现了。

他笑着说：“逗你的，我先天心脏有问题，小时候做过手术。那时候缝合技术不太好，所以留下这么大个口子。”

我们的乐队影响不错，除了在学校礼堂时常有演出之外，偶尔也去外校登台。学校老师们接受不了唐朝黑豹这些中文摇滚，我们就只排英文的，Metallica或者枪花。后来良良找了个朋友给我们介绍安排了去酒吧驻唱，不过人家不要整个乐队，就只挑了我们两个人吉他合奏，于是我们挑了些朴树和齐秦什么的练练。为了排练更方便而不打扰其他同学，我搬到了他在校外租的房子的隔壁。

那半年我们时不时背着琴穿梭于学校和市区，公车倒来倒去太麻烦。他便用赚的钱买了一辆二手小踏板摩托车，每到周末就驮着我冲出校门。有了车之后，我们运势如虹，一起在不少节目中露脸，还上了钟山的一档电台节目专访，那时候钟山还没去电视台混。那次之后，我们小有名气，收了不少女生的来信，QQ上也不时有陌生人请求加好友。

酒吧驻唱赚得很少，所以你能猜到那辆摩托车有多破。有天唱到半夜返校，我们都已经很累了，但是感觉那辆摩托车似乎更累，怎么给油都跑不起劲。坐在后头的我似乎闻到了什么味道，回头一看，漏油了。汽油一路洒过来，在路灯下连成一条长长的黑线，这时候如果有人在路中间扔上一根火柴，估计这辆破车会马上引爆。

其实也爆不了，因为我发现的时候，车正好熄火停了下来，油箱里彻底空了。

那晚我们推着车走了两个小时回到出租屋，原本就已经累得快睡着了，这会儿更是雪上加霜，还好那是夏天，不至于饥寒交迫。

“跟你说，昨天有个女生写信给我表白了，还寄了照片。”良良得意地对我说，大概只有说到这些话题，我们才有体力能坚持到头，“她说，我的声音很有老狼的味道。”

“哦？我也早有女生对我表白了，只是没告诉你。”我不甘示弱。

“你都有女朋友了，凑什么热闹。我还光着呢！”

“所以我没回信了，也没和别人说。原本她就是写信聊聊音乐聊聊人生，我也没想别的。上个月她突然寄照片来说喜欢我，想来见见我，我知道完了，赶紧没回信了。”我连忙解释。

“算你对得起你女朋友。她下礼拜来找我，回头一起吃饭，你帮我参谋参谋。”说着他把摩托车把递给我，“你帮我推一下车，一路都是我在推，我也要休息的好吧！”

我接过车把手，他从琴袋外面的口袋里掏出一个信封，抽出里面的照片递到我眼前。

借着路灯的光亮，我不需要看得多清楚也知道那是谁，因为我上个月收到了一张一模一样的照片，她说听我唱歌就像听水木年华。

良良恋爱了，我们也没再出去弹琴卖唱。我突然转了性一心扑到正在流行起来的互联网上，学习各种软件，自己捣鼓搭建个人网站，学修图学动画，也因此结交了另一帮朋友。我把租的房退了，每天泡在机房，没日没夜。

突然有天良良来寝室找我，他把心爱的铁三角MP3播放器扔给我："快听这个，这是个新人，太屌了，一个人完全创造了一种新的风格。"

那个MP3只有64MB大小，刚好拷了那一张专辑十首歌，我跳着听了一会儿，拔下耳机给他，说："什么玩意儿啊，吐词都不清楚，不知道在唱些什么。什么节奏都混在一起了，其实还是流行，你不是很鄙视流行音乐吗？"

那时候我们都以听打口带为荣，以听金属听地下为荣。我们吉他合奏的歌大多是老狼许巍或者Beyond的，我们即使私底下偷偷听流行歌曲，也绝对不会承认对谢霆锋羽泉或者零点还有鲍家街43号有好感。

"你要认真听，别老听你的木玛。这哥们儿真的不一样，我预感他会火，是大红大紫。不要老说流行和摇滚有什么区别，只要是人家认真写的歌，好听就行了。又不是那些我爱你我好爱你你还爱不爱我的歌，流行就流行，没什么大不了的。邓小平都说了，不管黑猫白猫抓到老鼠就是好猫。你们乐队那几个，就是狭隘。"

他说这些的时候特别激动，他把MP3留给我，强调一定要用心听。室友递给我一盒磁带，说良良说的应该是这盒专辑。

那张专辑叫《范特西》，那个人你们都知道叫什么了。

良良进了大四，开始四处找工作，我刚大三，通过他也了解到了就业有多难。很多人报考公务员，他表示出极大的鄙视。他那段恋爱没谈太久，女朋友坚持要去看五月天的演唱会，吵了几次分手了。或许是因为失恋的打击，他一时冲动卷起铺盖南下广东找工作，临走时告诉我，不发财他绝不回来。

四个月后他回来了，长发没了，平头。

当然他并没有发财，他说这几个月在东莞的一个厂子里打工，工作很辛苦，车间里污染很严重，每天睡不好，食堂吃得也差。他看到很多底层劳动人民生活如何艰辛，很多小孩在街上乞讨，说着说着，他眼睛都红了。

我说："那你接下来有什么打算？"

"考公务员。"他斩钉截铁地说。

那一年良良在公务员考试里拿了最高分，他和他的一帮同学提早庆祝了，庆祝完后发现即使是最高分也不能上岗，最后还得走关系，考试分数第一名也没什么意义。还好他家能间接想点办法，好歹让他进了体制，从端茶倒水干起。

后来我来了北京，我们之间每年最多能见上一次。他不断带给我好消息，升职了，结婚了，又升职了，买车了，买房子了，生孩子了，又买房子了，换车了，又生孩子了。

这次再见到良良，饭桌上我们聊的都是中年人的那些话题了。他孩子身体不太好，所以大部分时间他都在家陪着孩子，言语中透露出对我辞掉工作做自由人的钦佩和羡慕。

饭店里的音响突然放起了迪克牛仔的歌，我招呼服务员过来，让他把音量关小或者干脆关掉。良良和我相视一笑。

“最近在听什么歌？”我顺着话题问道。

他想了想，说：“也不知道在听些什么，什么都听。我那个160G的iPod拷满了歌，但是也没什么想听的，没时间听。周杰伦后来的两张专辑也不行了，没什么新意。”

“朴树出了新歌你知道吗？”

“下了，还没听。”他拿起手机想解锁，又摆在了一边，“等会儿听一下。”

“良良。”不管其他人怎么称呼他，我还是习惯这么叫，“你们这些局长处长，是不是除了什么都有之外，生活也挺无聊的？要是再来一次，你还考公务员吗？”

他笑了笑，嘴角还是挂着当年第一次闯入我们寝室时的那丝尴尬。

“现在讲究生活方式，你们这些做高科技的有你们的生活方式，我们政府公职人员也有我们的生活方式。也不是你想象的那样天天大鱼大肉敬烟敬酒，我周末就喜欢徒步爬山，天气好点自驾游去漂流，孩子在爷爷奶奶身边的时候还能两口子出去放松放松。看你全世界到处逍遥我也眼红，但是我脱不开身，我们现在下班也不早，单位事情也多，也不是闲人。”

“所以你们这职业生涯比我想象的充实很多嘛。”

“也不是这么讲，主要也是缺乏安全感。你们有一技之长傍身，去到哪里都能赚钱，而且想去哪里谋生就能去哪里谋生，赚够了也可以干脆不上班自由休息一阵子。我们就不行，依靠体制活着，换不了地方，也没什么特长，万一没了职位，还真不知道怎么养一大家子人。”

他停顿了一下补充道：“现在的公务员团队和十年以前你理解的不一样了。都要认真做事，都要做表率，你以为我这局长是混来的？”

饭桌上，他的亮黑色iPhone 7 Plus旁边摆着一个黄色大信封，我看到在职研究生这几个字。

我指了指信封，问："要考的？"

"当然，要上课，要写论文要考试。货真价实的研究生。"

他说话的神情，和当年一样，一样坦坦荡荡。

黎明与我。

1999年夏天，我高考。

我在市中心的重点中学读高中，而我家住在离市区很远的一个修飞机的军工厂，比城乡结合部还远，隐藏在深山中，不见天日。不过现在看来那曾经我以为很远的距离放在北京来比较其实还没出得了朝阳区。

高中我住校，但是学校离考点隔了一个区，而且住宿条件恶劣，同学们都没打算考试那几天在宿舍里度过。有的回家里住，家长找好关系派车早上送去考场，有的住到市区的亲戚家，但是没有谁去住酒店宾馆，那时候好像大家并没有这样的消费意识。我正在犯愁的时候，李科对我说：“要不你住我家去吧。”

我同班同学李科，篮球健将，体育委员，身高近一米九，学习成绩班级倒数，我是班长，成绩正数。那时候我和他还有另一位同学范宁一起组了个乐队，严格意义上说那叫合唱团，一起写歌一起录音，所以一直志同道合。他不但体育拔尖，弹钢琴也非常优秀，这和他的良好家教有关。李科的爸妈都是中学老师，而且刚好是我们考点的那所学校的老师，所以他家就住在我们考点里面，位置得天独厚，就算睡过头、就算市区交通瘫痪、就算雷暴台风都不会影响他去参加高考。

“不太好吧，会不会影响你考前准备？”我心存感激，但知道这事情不宜勉强，在当年高考毕竟是终身大事，比结婚生子还重要的终身大事——它直接决定你会不会遇见那个和你结婚生子的人。

“就我那成绩还怕被影响？”

“你得和你妈商量一下吧，打扰他们生活也不好。”

“你放心吧，我爸妈要是知道你去我家住，不知道多欢迎。”

事实证明他的父母亲确实非常欢迎我，他们帮我准备了三天生活起居该用的所有东西，每天准备好丰盛的早餐午餐和晚餐，完全没有觉得我的到来是麻烦事。时隔太久，我已经忘记了当时我有专属的客房还是和李科睡在一张床上，总之在我印象中我并没有让大家操心，而且缓解了我们俩面对高考的紧张。那些天我们从早到晚有说有笑，一起复习一起看电视，似乎高考并不是多大的事情。

他家的电视柜里，放着录像机和一堆录像带，有两个晚上我们复习疲倦了会看看大片缓缓。

高考第三天的下午，我走在街上，漫无目的，好像这些年的所有追求都结束了，我不知道要去哪里，不知道该干什么，不知道把数理化外语扔出脑袋之后要灌进去一些什么东西。我回到自己家，听着歌在沙发上窝了几天，直到湖南卫视找到我。

那时候我还没有BP机，更没见过手机这样的东西，已经忘了他们是怎么找到我的了。

我坐厂里的班车来到市区，再辗转来到富丽华酒店的一间改成会议室的客房，那是《快乐大本营》的无数临时办公室的一间，接待我的人手揣一台爱立信的蓝色边框手机，我在刘德华和关之琳的MV中有看到过，歌词唱的是：回头知道，我心只有你。

我在高中时其实有个秘密身份，黎明的歌迷会叫作“黎明家族”，我是黎明家族分部主席。

那年，黎明给乐百氏代言，乐百氏冠名下一期的《快乐大本营》，《快乐大本营》于是请黎明出台一小会儿，但是合约上不包括上台唱歌。

请来一位歌星，但是不唱歌，这环节该怎么玩，节目组很头疼，而且一个礼拜内要凑齐四十个黎明的歌迷坐上方阵，在粉丝经济完全不发达并且通讯不便的当年，这让节目组更头疼。最终他们不知道从哪儿得到的消息，找朱宏，把问题扔给他。

可我当时刚高中毕业，十九岁。

几个三十多岁的男女把我奉作上宾，我坐在富丽华的客房里，拿着那台爱立信打了几个电话，第二天报名上节目的黎明歌迷们蜂拥而来在客房外面排着队，我一个个提问考核。一天下来我们就挑选够了四十个铁杆粉丝，并且其中有一个姑娘无论外貌还是气质都像极了李嘉欣。节目组找了四个神似黎明的帅哥上台模仿他唱歌，我也看了一下，假装领导模样点了头。

虽然后来我一般不住四星级酒店，但是富丽华酒店在我心目中一直在五星级的范畴里，去长沙我还经常在富丽华落脚。

《快乐大本营》演播厅的聚光灯下，我从始至终冒着大汗。我和何炅李湘串好场，他们为我安排了一个特别的环节和黎明对话以表示节目组对我的无偿付出的回报。我穿着我自己设计的写着黎明专辑名称的衣服和裤子，和黎明聊了几句，他在我衣服背上签了个名。

那几年黎明还很火，国内也没有那么多时髦的综艺节目，《快乐大本营》几乎人人必看。我走在街上，偶尔会被人认出，我上大一时，班上半数同学认出了我，即使我相貌……确实不凡。

我打给李科约同学聚会，李科告诉我，那天他特地上街买了一盒新的录像带，给我把《快乐大本营》录了下来，一秒都不漏，但是我得给他五十块钱，他把自己零花钱买录像带了。

“你家不是有那么多录像带吗？你别逗我了，哪用专门买。”我在电话里开玩笑。

“那些是我爸的，我不知道哪个可以动。反正你要拿回去留作纪念的，肯定得买一盒新的啊。”他说着说着情绪就激动了。

“可我没要你帮我录啊，台里应该可以要到录好了的。”现在想起，那时候的我，情商是多么低。

那头砰的一声，电话挂了，我也没有打回去。

我忘了最后到底有没有聚会。李科考上了浙广，去了杭州，从此我们再没联系。十二年后我们在萧山机场偶遇，也就客套地提了提工作和家庭，再没聊起当年高考和录像带的事情。

而我深深知道，那个夏天，他帮我的，不是我几句感谢能表达的；而让我们都遗憾的，也再不是说句对不起和五十块钱能够弥补的。

2011年夏天，也就是我偶遇李科后几个月，黎明和冯绍峰在北京台为电影《鸿门宴》录一档对话节目。当时我已经是大街网的高级总监，办公室就在国贸SK大厦，离北京台两条街。我找了个台里的朋友，安排我进了演播厅。

我坐在观众席第一排最侧边，情绪稳定；旁边坐的全都是冯绍峰的粉丝，十分躁动。这些年我进过很多次演播厅，但这次的感觉像极了1999年的《快乐大本营》，只是黎明已经变得不再引人关注。只有我一个人是冲着黎明来的，旁边一位领队给我一块写着“峰”字的牌匾，我摆手拒绝了。节目录制了两个小时，其间黎明常常转头看着我这边。

散场时，人潮蜂拥而上，全都是找冯绍峰签名合影的，被撂在一旁的黎明则默默地绕到我跟前准备离开。

我站起身，轻声打了个招呼：“Hi，Leon。”

黎明微笑着说：“是你。”

45

明星

。

在城市里待久了，很难看到真正的星空，北京上空那几颗奇货可居的东西不说也罢，它们在头顶稀罕地待了那么多年，甚至早已让我以为世上是没有星空这样的东西真实存在的，它们或许只会出现于凡·高的画中。

这个新年我是在新西兰南岛过的，12月31日那晚我们在瓦纳卡湖边的草地上坐着吃晚餐，天黑下来之后，抬头便看到了无尽的星空，银河也斜躺在头顶横跨苍穹。我惊叹过之后，尝试着去数到底有多少颗，我发现只能一片一片地数，比如我设定巴掌大的一块有五十颗星星，那么整个天顶该有多少个巴掌大？大概也有至少五十个巴掌大吧。数着数着，也许是眼睛适应了黑暗，也许是天色愈发深邃，我惊讶地发现，那一巴掌大的区域岂止五十颗，至少有两百颗，还有很多更远的星星此时已经能够被识别出来。整个天际，都已被密密麻麻的星星占据，数不数，都已经没有意义了。

白老师感叹万分，她早已被这无穷的自然力所征服。而我像突然被什么东西堵住了嗓子，几乎哽咽。这不是我们第一次在南半球看星星，但是这次我突然想到了我小时候搬着板凳在家门口看到的星空。我和白老师讲了个故事。

三十年了。那是我刚八岁时候的事情，我有个小伙伴，他几乎每天傍晚都会来我们家玩，他是我母亲同事张阿姨的孩子，他叫童歆，这是真名，这么多年，我记得还很清楚。他比我小两岁，刚上一年级。他爱唱歌，爱跳舞，和抱着一本书能坐半天不动的我比起来，他活跃得那么讨人喜欢。

我母亲在厂里的环卫科上班，你可以理解成就是环卫工人，扫地的。张姨也一样，每天的职责就是早上一次午后一次拿着扫帚撮箕和推车，把厂里的生产区的各处道路和园林的垃圾清扫干净。一天打扫两次，再加上那时候工人们觉悟比较高，所以厂里常年保持着清洁。

但无论怎么清洁干净，环卫工人也永远是工厂里职工范畴内最低级的工种，他们并不全是正式职工，我父亲走尽各种关系，母亲才得以入厂成为正式职工，而张姨一直是临时工编制。

环卫工人下班早，张姨经常会来我们家宿舍院子里打牌，所以童歆放了学也会过来。碰到他来的时候，我的职责就是带他一起玩，可我哪知道玩些什么，不外乎是打打弹珠、丢丢沙包，顶多拉上他一块去有电视机的邻居家里蹭动画片看。

他不爱吃任何零食，这点我很喜欢，所以孔融从来不用让梨。每次我吃糖吃饼干吃话梅吃棒棒冰，都完全不用考虑他的感受，他一点兴趣都没有。后来过了很久我才明白，缺乏食欲，是他病症的一种日常表现。

他唯一爱吃的东西，就是夹着奶油的长条面包。后来我才知道，外面叫这个长得像热狗但是夹的不是香肠而是奶油的东西别的名字，而那时候我们就叫它奶油面包。卖面包的黑胖子每周会来两次，骑着他那辆嘉陵摩托车，车后绑着一只大箱子，在傍晚的工厂生活区走街串巷，每当他停好车，他就一边吆喝“卖面包了”，一边打开箱子。嘉陵摩托车的马达声与众不同，老远我们就知道黑胖要来，那时候我们会把抽屉里的角票分票都凑一凑，跑下几十级台阶去买那五毛钱一个的奶油面包。经常黑胖还没开口吆喝，我们这帮孩子就都已经站在他跟前了。有时候童歆跑得慢，我先跑到了就帮他抢一个，久而久之，黑胖也记住了这个皮肤苍白的孩子，一般他都会在箱底偷偷藏一个留给童歆。

黑胖不光在孩子心目中有崇高地位，他在厂里的大人们面前也颇有威信。他是厂领导的儿子，那时的他二十出头，还没正式进厂工作，便游手好闲。他生得强壮，比任何人都高一个头，说话也底气十足，他擅长摆平厂里的一切大小事务。不过他真不是一定要靠打架的，一般他都是先讲道理，但是如果对方动武，他一定不怕。这个厂区是当年三线工程造的军工厂，四周都被当地农村包围着。工人和外村人经常起冲突，据说黑胖在一次和外村的大规模群架中一夫当关，保护了不少厂区人，而他也跛了一条腿，此后他备受景仰。

背景交代完了，我问白老师："目前听着是不是很和谐？"

"是，但是看你这么压着，估计后面有突变。"

那就说正题了，有一次黑胖只剩最后一个奶油面包了，我好不容易凑够了钱先跑下来，童歆还在楼梯上慢慢跑着，气喘吁吁。黑胖说这个留给那小孩，不能给我。我不服，便坐在地上大哭。童歆说要不哥哥你吃吧，我便止住哭声看着黑胖，只见他冷眼瞪着我，我却是不敢发作。母亲听到我们在吵闹也赶了过来，把我拉到一旁，也没有遮遮掩掩，直接告诉我实情：童歆得了白血病，慢性的，不知道什么时候就会突然死掉，你得让着他，什么事都得让着他。

那天晚饭我吃得很沉默。我没有遭遇过生死，我爷爷和外公在我出生前就都过世了，我奶奶和外婆身体都很健康，我没有任何亲人或者朋友以这种残酷的方式离开过，在我知道死是什么概念之后，它还从来没在我周围发生过。

我问母亲白血病会不会传染，她说当然不会传染，我们对他和他家都要好一点。你看我们家平时厂里发的多余的手套和工厂制服，都送给他们家了，他爸爸很要强，一般不开口求人，但是家底都已经治病治空了。

你看我们经常叫张姨来打牌，都是想办法给她送点零钱。这时候我才去回想张姨和她男人的样子，瘦弱，满脸委屈，说话声从来就很轻，即使赢了牌，笑得也很勉强。母亲说童歆一出生，张姨就响应号召结扎了，现在也来不及再生一个了。

厂里经常发工作手套和工作服，工人们总是舍不得换新的用，于是就一摞一摞地拿去和挑着担子进厂里做买卖的小贩换塑料制品以提升生活质量，我母亲甚至有次拿出几十双工作手套换了一副麻将牌。我又问母亲结扎是干什么，她告诉我反正就是不能再生小孩了。

我后来再不和他抢面包了，我也不会在去看动画片之前有想甩下他的念头了。但是童歆自己并不知道这事情，他只是觉得自己身体比较弱。他说他长大了肯定身体不好，所以要好好读书，好好唱歌跳舞，说不定能变得像小虎队那样出色。

接下来就要做好心理准备迎接比较残忍的事情了。

工厂有个职工澡堂，下午四点半放水，母亲和张姨下午没有工作，总是很早就去洗澡，免得和五点正常下班的工人们挤着。那是个夏天的下午，母亲不当班，她带着我回乡下去看外婆，张姨自己先去澡堂洗澡。

据说那天也是凑巧，澡堂守门的人家里有事请假，便找了最仗义的黑胖帮忙看门和收票。工厂其实不大，澡堂守门的人一般都认识所有厂职工，不需要出示任何证件就可以进去洗澡。而如果非厂区的人，比如周围乡下的，或者外地来厂里探亲的，就得交钱买票才能洗。虽然厂区和周围几个村关系略有紧张，但是只要遵守买票规则，一般也就相安无事，毕竟你来给工厂送钱，我们没道理拒之门外。

那天黑胖拦下来张姨，张姨穿得破烂，衣服裤子都有补丁，而且满脸蜡黄，没有神气。黑胖不认识她，他咬定张姨是外面农村的。

张姨嘴不灵活，辩不过黑胖，陆陆续续去洗澡的职工也都不认识这个环卫科的临时工。黑胖见讲不清道理，而她又不愿意付钱（去洗澡一般也就不会带着钱在身上），他便从收费室出来把张姨一点点往外面赶。张姨面红耳赤，吼了一句：你这个瘸子怎么这么欺负人呢！

这话刺痛了黑胖，一顿乱拳揍在了张姨身上。他几下就把手无缚鸡之力的女人打趴在了地上，旁边有人过去劝他不要打人，尤其不应该打女人。他怒喝道：就是因为他们这些刁蛮的乡里人，我这条腿才瘸了的！凡事要守规矩是不是？

张姨护住头，一边哭一边骂，也不知道她骂了些什么，总之黑胖拳打脚踢越揍越狠，张姨口吐鲜血，身上穿的衣服也被撕破，她就那么护着胸部侧躺在地上，不住地哭。一直到黑胖打累了，她还在断续地哼着：我就是厂职工，我每天都来洗澡的，我就是厂职工。一个小时过去，正常下班的工人们来到澡堂，这时才有一起打过牌的人认出张姨，把她扶了起来给她穿上衣服。张姨的男人也匆忙赶来，但是他什么都不敢说，只是低着头抱着女人回了家。

第二天这事情传遍了全厂，黑胖找到童歆的家，在他家门口长跪不起，求两口子打他泄愤，但是这也已经无济于事。我再也没见到过张姨，听母亲说那之后她精神失常了，我也再没见到过童歆，母亲说他们全家都搬走了，厂领导给他们安排调去了另外的厂里，两个人都是正式职工编制，有正规工资和补贴，也算是给他们的一点点补偿。

黑胖的光辉形象荡然无存，谁都在他背后指指点点。他也不再骑着嘉陵摩托卖面包了，小孩们都不买他的东西了，我们甚至把只会打女人的黑胖编进了顺口溜。而我相信童歆在新的环境也再吃不到那样好吃的奶油面包了。

说到这里我叹了口气，白老师问：那后来童歆怎么样了？

死了。母亲告诉我童歆死了的消息时，夏天还没过完。那个晚上我搬着板凳坐在院子里抬头看到漫天的繁星，有成千上万颗，有的在闪，有的在动，我的拳头手掌怎么都不够挡住那些星星。母亲和我说，死了的人，都会变成天上的星星，最亮的明星，就是刚死掉的那个人。看看这繁星，每一颗都很亮，不过确实有一颗是最亮最亮的，也许那就是他吧。我突然明白人类实在太渺小，一个人的生死荣耀，又是多大的事情呢。

三十年了。斗转星移，时过境迁，我早已忘了他长什么模样，谁又记得当初那颗星星如今在什么位置呢。

你再抬头看看这星空。我已经不敢看了。

当你见到天上的星星，可有想起我。
可会记得当年我的脸，曾为你，更比星星笑得多。
当你忆起当年往事，你又会如何。
可会轻轻凄然叹喟，怀念我，在你心中照耀过。

46

吉他之神。

1999年年初，我第一次摸到那把叫作吉他的东西，它叫红棉。

我没日没夜苦练，左手磨破皮渗出血，最终结出厚厚的茧子。左手指甲剪光，右手指甲总修得长度适合。我抄满了厚厚一个谱本，记满了各种三五和弦小三小五增三增五挂留和弦，也写满了我自己的词曲创作。

后来数了数，大学期间我写了近百首歌，其中有些后来在电台的午夜节目中唱过，有些自己录了小样之后再没有第二个人听过，大部分在后来我的几个乐队的节目中表演过两三次，没了下文。

其中还有一首阴错阳差被递给了方文山瞧过（文山啊等你看完词我都

出下一张专辑了），文山曰：不错。

然后，也就没有了然后。

不是那块料，努力也得讲个方向。当年有个知名主持人送我出演播厅时语重心长地说：娱乐圈啊，毕竟还是看外表的……

当时还没有颜值这个词。

我的吉他从红棉换成星臣再换成二手雅马哈，可那又怎么样?

2

2000年9月，我代表学校艺术团去大一新生中挑选吉他手来组建新的乐队，原本负责这事情的艺术团音乐老师是弹古典吉他的，我听过他弹《致爱丽丝》，但是感受不出来什么特别的味道——这个年代是属于钢弦的。

我第一次见到他。

招新会上，十九岁的他和一个同学合奏了一首Beyond的歌，再独奏了唐朝的《天堂》，嘶吼起来既有激情又稍显控制，于是他成了我乐队的吉他手。

至于我，老老实实弹贝斯去了。新的吉他之神在位，我还好意思弹什么吉他。

我们一起排练了两年，在各种校内演出和晚会登台，我们有一个共同的特征：二十岁的脸有着三四十岁的沧桑，不够帅气但看着仿佛有故事，不论唱民谣还是摇滚，都比另外那些娃娃脸吉他手看着真实一点。后来我的每首原创都先交给他改改，我们把民谣琴换成了电箱琴，我们沉迷于研究更好的手工单板，有钱了誓要升级装备。

后来我跑去赚钱了，娱乐圈不是我赚钱的地方，我去别处赚到了更多。我能随意买得起我想买的任何琴，我把整套乐队设备都置办齐全堆满了一屋子，但是它们都盖着塑料布沉睡着，一年不会被我揭开一次。

毕业后他去了电视台，坚持着他的音乐理想。后来他做了几届选秀节目，也就是当时家喻户晓的超女。十年后他来北京出差，看到我家墙角当年我们一起买的电箱琴。

“还留着？”

“那把早坏了，来北京后我买了把一模一样的，摆着。”

“来弹几首。”

“我早不行了，十来年没练。你来。”

调音，润嗓，他紧闭双目唱了起来，我在副歌的时候和着，很久没开嗓，居然唱不出来高音。白老师拿出拍立得抓拍了一张照片，还好里面剩着相纸。

少年老成真是好，如今我们都已经是奔四的年纪，外表和读书那时倒也没什么区别，只是剪去了齐肩长发而已。

“那把琴怎么坏的？”

2001年夏天，放暑假之前。

学校另一个乐队的吉他手找到我，说有场演出一定得去看，是他们牵头主办的活动。

我不打算给他面子，而且我也早已经安排了出去打零工赚钱，演出什么的看多了也就腻了，一阵闹腾，最后烟酒交融整晚睡不着。

“唐朝会来！”

“什么？唐朝？来你们这儿演出？”

“嗯，唐朝老五，就他自己，正好他在我们市玩。”

我也不打算去，现在我也回想不起来当时为什么没有任何冲动。

两天后，那个吉他手又找到我，借琴。

老五要用电箱琴，想来想去只有我手上有一把像样的，只好来找我借了。

“你真不去？老五啊，可是中国的吉他之神啊。”

“不去。”

“也罢，现在一票难求，你要想去我还带不进去了。谢谢你的琴，散了就给你送回来。”

一个礼拜后我才拿回我的琴，那一个暑假我都没动它，开学后插上音箱，发现拾音器没反应了，换了电池也不行。坏了。

我猜想着它经历了什么样的一场演出和演出后的一周，没有在舞台上被砸掉可能已经是万幸。或许是我的心理作用，渐渐地我觉得它指板也不顺手了，各个品格高度也有问题，难不成被拆过打磨过？

我不再喜欢这把琴了。

后来我认识了那个某某市第一吉他手，他说要改改这把琴，我便送给了他。

4

2001年，秋天。

“给你介绍个人，某某市第一吉他手！在北京做了几年地下乐队，被爸妈抓回来了，就住在我们学校外面。”

他。

长发、尖下巴，比谢霆锋帅，比谢霆锋更有男人味。

我邀[illegible]他加入我着手组建的新乐队，他很乐意，当了主音吉他。我连贝斯都不弹了，专程负责联系演出和赞助，美名曰：经纪。

他提出尽量上原创，他嗓音不是很好，便要求多排练纯音乐曲目，减少流行化，他组装了一台高性能电脑，自己做MIDI，他把录制好的小样发给我们听，我们目瞪口呆。

到底是混北京回来的。

他一个人写二十三个音轨的大合奏，各种乐器在他脑袋里都有自己的位置，各种乐器的特性他都能运用到合适的地方。乐队排练的次数越来越少，他自己一个人在电脑上写下鼓的节奏型，配上贝斯音，然后就能一个人练吉他。

他是个吉他手，他也是整个乐队。

这么多年后，我车里还存着他当年发给我的几首作品，我忘不了第一次听到那些旋律时的回肠荡气，不是因为真的举世无双，而是因为这是我身边一位朋友能做出来的最贴近现实的创作。

最后一次和他在线上联系，我问他在忙什么，有孩子了没。

“光棍一条。开了个音乐工作室，现在给一些大公司做企业歌曲，能赚一些钱。”

他发了一首刚完成的为某知名地方企业写的歌给我。

“已经录好音了，女高音。”他说，“不过，你要是不想听，就别点开了。”

我一直没点开那个音频文件，我怕听到那些歌功颂德。

2001年，深秋。

那几年我放学之后会去一家本地有名的民谣酒吧，认识了不少玩吉他的人，也偶尔上台弹唱赚点小钱，那些钱的大半最终还得在这个酒吧换成酒。

本地知名女文青坐在我对面，聊过两句，突然去旁边桌领了一个高个男人坐到我旁边。

她对我说："给你介绍个人，你不是一直很喜欢他们乐队吗？这是强哥。"

他。

他伸出手和我握手，我看到他手指关节上的文身，是他的乐队名拼音，我左胸腔里的东西急剧加速，脸涨得通红，偶像就坐在跟前。

当时他们已经推出了第二张专辑，专辑封面就是这只有文身的手的特写。不过我还是更喜欢第一张，因为那张放着魔方的黑灰色哥特封面，因为那句伴着"春天/老师们死了"的急速舞步。

我们聊了聊吉他，聊了聊音乐的魔力，聊了聊不同的音乐风格，聊了聊就到了半夜。

公交车没了。

酒吧打烊，我一边跟着他走在从南往北的主干道上，一边哼着歌。他说你可以打车回去，我说我学校太远，得好几十块钱，我身上没钱。

“那就住我那儿去吧，离这儿也就两里路，走走就到了。”他似乎思考了很久，突然说出这句。

我深信我偶像只喜欢女人，他的歌他的谈吐都表现出无穷的直男魅力，即便他同时也那么优雅。偶像的家里会有什么？我按捺不住激动，他听些什么CD？看什么杂志？最近有没有带女人回家的痕迹？

他接了个电话，挂电话时我们正路过一家网吧。

“要不你在这儿上网吧，一通宵就十块钱，我给你出钱。”

他塞给我十块钱，把我推进了网吧的塑料帘子，挥手拜拜。

十多年后，他出了四五张专辑，拍了几个大品牌广告，他有了孩子，然后又离了婚，他带着乐队在保利剧院开演唱会，给我寄来了两张票。我在看台上远远看着他抱着他的电吉他，消瘦的面孔，深邃的眼窝，还有那顶紧紧的小棉帽，时间真是有意思的东西，过去现在未来似乎就在当下同步发生。

6

2002年，夏天，高校联合演出，也是一场乐队比赛。

我们的乐队惨败，其实我们拿了第二名，但是我们的第一吉他手要的是第一名。我在台下，看着他们表演着一首五分钟的纯音乐演奏，心情激荡，几乎热泪盈眶。而最后拿了第一名的乐队唱的一首原创，论深度不如我们，论词曲确实不错，论吉他贝斯和效果器他们完胜。

我们把问题归结于“穷”，如果我们买得起更好的琴，更好的效果器，就一定会赢。

“他们主音吉他那一块效果板就得两万多块。我们还用着几百块的ZOOM505，这还是前几天借来的，明天就得还。我要是把在北京用的那块板子带回来，绝不会输给他。”

他。

第一名的主音吉他长什么模样？我已经不太记得了，我就在舞台下透着闪耀的灯光看过他几分钟，后来陆续也从别人口中听到他的传说，他确实是个流行乐的天才，不然他写的东西怎么就那么朗朗上口易于传唱呢？

流行乐似乎慢慢地变得更美好，那时候我们玩摇滚玩朋克的怎么就那么看不起流行呢？

后来我在电视上经常见到他的名字，他也去了电视台，和我最初的那位吉他手分别负责不同的节目，如今各种大型综艺节目，各种明星出来唱歌的节目，编曲栏经常会看到他的名字。

至于他到底长什么模样，我真的没有任何印象了，也许他和我一样，也是一个不适合靠外表混饭吃的，所以他专心于幕后？

我怎么就没走幕后这条路？

2003年秋天。

一位炒域名的好朋友，听说我读书的时候玩乐队，一定要把他一个朋友介绍给我认识，人称“某某省第一吉他手”。

这牛人太多了，牛都不够用了，你们都是神。

他。

他低调平和，见到他之前，我把之前那位混过北京的某某市第一吉他手的模样往他身上套，见过之后，竟又完全不同，没有任何特质一样。

他完全不和我聊吉他，吃过饭之后他邀请我去他家玩变形金刚。

他家里整个大书柜上都是变形金刚，他把G1最早版本的全套变形金刚都收齐了，擎天柱威震天铁皮钢索嚎叫大力神一字排开。一套没拆封的原盒用来留念，一套拆了的每天把玩。

每天两件事，玩变形金刚，弹弹琴做做MIDI。

我们来往不多，偶尔他找我也是建议我买新出的MP系列的某个变形金刚，我主动找他要一些新作品来听，他都说没什么好听的，全都稀烂，不好意思见人。拗不过我的时候，他会发来几个MP3文件，我听了之后只感到震撼：幸亏我当年放弃了音乐道路，完全不自量力。

我来了北京，他去了深圳，大家都投入繁忙的工作中，介绍我们认识的那位朋友死了，而我们还保持着淡如水的联系。

前几年我玩腾讯的“天天爱消除”上瘾，作为一个不为游戏沉迷的人，却被爱消除游戏里的音乐和音效吸引，无法自拔。我找到他的微信，提问。

“天天爱消除这游戏你知道吗？到底什么样的大神才能做出这样的音效？”

“我做的。”

8

2015年冬。

我在他工作室的沙发上，听着他的声音从没关门的录音室传出来，坐立不安。马上就要见到这位中国摇滚教父了，我可千万不能说我之前弹过吉他，那简直是笑话。到现在我已经不认为弹吉他是什么特长和技巧，吉他已经算是成人乐器里最简单的东西了，是个人都应该会弹三个和弦。但是万一他递过琴让我试试呢？我还不如打开窗户跳下去。

他。

他在室内也戴着白帽子，他比我想象中腼腆。他的人中很长，说话也特别有条理，似乎我的隐藏身份是记者。我们聊了一下中外音乐，说了会儿摇滚和流行，接下来就说科技和互联网了。

后来再见到他，我也没有了第一次的紧张。没有谁是神，大家都是人，都有自己的喜好，都有自己的情绪和警惕，况且在我们聊的内容上，我才是更专业的那个。

我再把他的专辑都找出来听，最喜欢的仍然是最早的那些歌。那些歌会让我想起我还在学吉他，想起我在张罗乐队誓要混出名堂，想起夏夜凉风下的那些蚊叮虫咬，那些震耳欲聋的鼓点和手指尖传来的钻心剧痛，想起那个人到底是不是我，我还是不是当初血气方刚的那个人。

一瞬间我想起2000年夏天见过的那个人。

9

2000年，他出了第一本书，来我们市签售。

写歌他擅长，写书倒是第一次，尽管如今各个书店畅销书柜台都堆满了《鱼羊野史》和《晓说》，但当年那本薄薄的书，卖得应该不怎么好。

拿了签名之后，我迟迟没离开。他签累了休息四处转转，看到我坐在书店大堂咖啡吧，便坐下来和我聊天。知道我也在做乐队之后，他话多了起来，努力多传授一点人生经验。

他。

那时候他皮肤更黑，头发长且茂密，穿着蓝灰抓绒衫，握着我只在《黑客帝国》中见过的诺基亚的滑盖手机。他还没有长成冬瓜的样子，只是个比较结实的年轻人。他博览群书，自然出口成章，我天真地问到了这样的问题：您那些校园民谣，都是真实故事吗？都是有感而发？不然怎么那么打动人心。

“那都是创作。创作，懂吗？就是编的。哪有那么多真实事件，哪有那么多感人故事，都是假的，编的。”

事到如今我还记得非常清楚，那天我被深深伤害了。在我那个青春烂漫的年纪，即使再反叛，我也仍旧相信故事中美好的那些东西，他却残忍地撕破一切，告诉我真相。

我怀疑了文学和音乐很久，怀疑到后来慢慢不再写新的东西，即使写出来东西也无法让自己去相信它。直到很多年后，我不写小说不痛快的时候，我才知道，那些人生经验虽然残酷，却是真的。

那天签售结束后，他叫上我一起出了书店来到停车场。他对助手说，我还有话没和这孩子说完，你们带上他去下一个书店。然后他钻进头车走了。

助手开车过来的时候，我已经偷偷走掉了。我不记得我当时为什么逃了，我只记得那股压抑着想哭的难受。

2016年，春。

我回到学校看望当年艺术团的音乐老师，就是开篇我说过的那位弹古典吉他的老师。

他。

他在学校门口开了个小卖部，家里只有他一个人工作，教师的收入加上做点小生意，勉强够家里老人和孩子开销。我问他还弹琴不弹琴，他马上摸过来那把十多年前的古典吉他抱在怀里，一丝灰尘没有，他没有调弦，直接开始弹奏——很明显他每天都在弹，所以音准随时都对。

他一边拨弄着琴弦，一边和我说，他这几年又重新开班授课，教学生弹吉他，反正自己时间大把，大家又想学，就顺便赚点小钱。另外他钢琴也没丢，打算接下来再开个钢琴班，这样学员数量也可以增加。教人虽然累，但是多有意义啊，现在附近几个学校的学生都有慕名而来的。

我示意他待会儿再说，让我安静地听完这段。

“这是《致爱丽丝》？很熟悉，但是和我之前听过的不太一样。”

我被尼龙弦发出的清脆旋律迷住，在亢奋冲动的年纪，我从来没有觉得《致爱丽丝》这么婉转悠扬，它也铿锵有力，但是刚毅中不乏柔情蜜意，在变化中不忘凝聚上升。断续的节奏里，似乎有岁月萦绕其中，忘记的什么和领悟的什么，一时间都回到嗓子眼。弹的人自顾自闭眼点头，听的人几乎泪水满溢，时代在过去，但愚昧在成熟。

“你听过的只是最著名的一段吧？《致爱丽丝》有很多部分，我以前给你弹的只是一两段。”

多少人学吉他时第一首曲目就是《致爱丽丝》，但是又有多少人知道要踏踏实实把它学完?

“以前你怎么不完整弹给我听？”

“开玩笑啊，全部弹完要好久！还得慢慢弹慢慢品，你那时候心浮气躁的，哪愿意听这个，年轻人不喜欢这个……这是很多年没见你，给你显摆显摆。再给你来个变奏。”

几百块还是几千上万的琴，唱给女生宿舍或者唱给万人体育场，三和弦的朋克或者撕心裂肺的重金属，拿第一还是拿第二，去抒情去感怀还是去创作，纯音乐演奏还是卖弄弹唱，文字的游戏或者编曲软件合成器的游戏，自娱自乐还是万众欢呼，虚情假意还是唱到流泪……到底什么才是音乐?

11

2016年初，搬新家，从朝阳搬到朝阳，从别人的房子搬到自己的房子。

几十个箱子：衣物、书籍、数码产品、变形金刚、一台钢琴、三把吉他。

乱七八糟的杂物中，那个厚厚的谱本依旧有它一席之地。塑料的封皮不改当年色彩，内页的纸张却早已泛黄，随意翻开一页，从墙角抱过一把仿奥威逊的星臣葡萄孔电箱琴，吹吹灰紧紧弦，仍然能够唱出不朽的青春。

4-7

厨房与爱

。

我真是庆幸我没有变成个大胖子。

有人说，想管住男人就管住他的胃。我深表同意，强硬地管住钱包和卡已经没用了，钱包之外还可以有别的方式的小金库，卡在你手但是网上银行手机银行分分钟转账消费，实物卡早就没太大的意义。真要让一个男人服服帖帖，只有让他想念你的身体之余，还想念你做的菜。

我原本也是会下厨的，而且我很热衷厨房。我能炒几个湘菜，也做得了烘焙。我也喜欢把一切洗洗干净，最后再收拾得妥妥当当的快感，也喜欢烹出芳香四溢的菜肴被人赞不绝口的成就感。但是遇见白老师后，这一切都被无情地剥夺了，并且我的做菜权在很长一段时间里被打入冷宫，没办法，谁让她的手艺确实比我好太多。就连我在厨房装的音响，都被扫地出门了。我喜欢在厨房听着音乐慢悠悠地完成一个个流程，在开启抽油烟机后再把音响调至最大，这样整个厨房体验才足够沉醉奢华。

“别搞那么多没用的，人都饿死了，你这儿还没下锅。”白老师在做菜这件事情上，是个绝对的务实派。她确实是个有天赋的厨师，她擅长各种放辣椒的菜，冰箱里橱柜里总是备着大大小小形状各异的不同色彩的辣椒。她也乐于尝试新菜式，每每在外面或在别人家吃到好吃的，她便回来自己揣摩，一遍遍尝试，直到研究出同样的配方，甚至是做得更好。做菜是她最大的爱好，远远超过玩任何东西，也远远超过上街花钱，当然如果把钱都花在厨房，那她则更开心不已。很多次我因为怕她下厨辛苦而想方设法阻止，她就会拉我坐下促膝长谈，她说她从来没有觉得下厨是辛苦是负担，掌勺带给她的满足甚至远远大于工作上被肯定带来的，她创造更多的下厨机会都来不及。

但是即使她再务实，一个人下厨的效率总是不够快，她每天六点半下班回来，我们八点才能吃上饭（当然八点吃饭对于很多互联网科技公司的朋友来说已经很早了），人在饿肚子低血糖的情况下容易情绪失控，这样做出来饭菜也不见得能保证水平。自从赋闲在家之后，我又重新开始积极插手厨房事宜，每天傍晚之前我把晚上需要的菜洗好切好，葱姜蒜也都剥好碾好，米饭也煮上，这样等她回到家里，只消开火炒菜，这样七点之前我们就已经能在餐桌前各种摆拍了。

买新房子时，我一直有个执念，作为我挑选户型时的必备要求：我希望厨房足够大，这样她能够更尽兴地在里面施展自己。为此我们让装修师傅把厨房和客厅的墙完全打掉了，原本想尝试做成更大的开放式厨房，无奈尝试了半个月，白老师的爆炒功夫把客厅弄得乌烟瘴气，只好紧急安装了一大面玻璃推拉门，这房子才得以继续住下去。

毕竟打掉了墙壁，厨房面积已经算是比较大了，然而我想要的岛台仍未能如愿，房子面积还是不够，只能放在下一套房的计划中了。

除了帮忙准备前序工作，我还把对厨房的另一部分感情转移到了洗碗之上。我不太明白为什么那么多人不喜欢洗碗，洗碗明明就是一件超级享受的事情，虽说会弄脏手，但饭菜油渍毕竟是刚吃过饭的你自己造成的，前一分钟你还夸美味，后一分钟怎么就嫌这些碗筷是脏的呢？把碗里的剩菜剩饭倒到垃圾桶，用纸巾把油渍轻轻一擦，冲上水喷上洗洁精，右手握住海绵球，左手慢慢转动碗碟——瞬间它又恢复了当初的光彩照人，这样打理干净的过程，从精神上说绝对是一种难得的享受，我想不到有抗拒这项活动的理由。

我们俩人经常因为饭后谁洗碗的问题争执，我说我洗，因为刚才做菜时她已经很辛苦了。她说她洗，因为刚才既然下厨炒菜的是她，那么收场也应该是她，不需要我再弄脏手了。

据说别的家庭也经常为谁洗碗而争吵，但是好像和我们这是反的。

为了解决这个问题，我们最终买了洗碗机，这样谁都不用耽误时间在洗碗上，吃完便可以赖在沙发上看电视弄狗。尴尬的是，对我这样的完美主义强迫症患者来说，把碗筷以更正确的姿势摆进洗碗机并不是个很快速的过程，我甚至觉得有去摆好它们的时间，我早已经把它们手动洗完了。

有那么几次，我确实趁没人注意时，果断地、偷偷摸摸地把碗筷洗了，得意扬扬。两个人吃饭，最多五个碗，要不了多久时间。

为了成全她的满足感，如今我们经常在周末叫上一大群人来家里聚会，玩大富翁、玩杀人游戏，然后女生帮厨，做上十个菜肴，大家围坐一桌，拍照发朋友圈再一扫而光。每次朋友们来家中她都忙活得特别开心，我越来越能够看出，她是真心在享受这种沉迷，不敷衍，也毫无压力。再有老朋友约我吃饭时，我也会招呼他们来家中做客，慢慢地，朋友们已经把能来我家吃饭提升到了一个非常高的待遇等级，也经常出现老友厚颜无耻地一而再再而三一定要上门蹭饭，自己吃完回头改天还拖儿带女再来一次的情况。

眼看着支持者多了起来，白老师开始认真给菜品拍照，传到相册记录，并且有时间时也慢慢开始写菜谱及心得，她的粉丝数也渐渐多了起来。她时常和我说：说不定哪天我也能像你一样写完一整本书呢。

一个人除了日常工作之外，还能有一件事情是发自内心的追求，而且在这条道路上还备受认可，充实得让我都嫉妒。

厨房是家里最能让人开心的一处地方，但是经营不善的话，也是最容易产生矛盾的一处地方。好的厨房滋生爱，马虎的厨房滋生危机，这里头谁都有责任，霸道的男人把责任都推给女人，却不知女人的青春多半在这样油烟嘈杂的环境中被一点点消耗掉，她们无怨无悔尽到责任，却是在伺候着那个大摇大摆认为一切都是理所当然的男人。没有厨房，又怎么会有黄脸婆，你若是及时拯救，她又怎会那么快变得形容憔悴？

我在自己家厨房很乐意忙进忙出，但在父母家我从来不打理这些事情。我吃完母亲做的饭之后从来都是放下筷子就走，因为我知道，对于这个家庭这个厨房来说，一直在维系它的还有我父亲，吃饭前他会帮助铺好桌子盛好饭，吃完他也会默默无闻地收拾碗筷洗干净摆放整齐，那是他的责任，是一个家庭中的男性该尽量去为妻子承担的责任。

那些不太喜欢下厨的女人，她们缺少了一项捕获人心的技巧，她们或许会堂而皇之地倡导女权，这没问题，反正男人下厨的家庭也不占少数。厨房只能一个人掌勺，这事情不可能太公平，但如果想把懒惰堂而皇之地洗白，那就不只是缺少一项技巧这么简单了，不论男女。

你用心对待生活，生活就会以美满来回报你。你以爱对待厨房，厨房也自然许你以不可辜负的美味与温暖。

装修新家时特地加大了厨房。

。

白老师独创的静物写生式拍摄法。

。

誓要和我们一起出行的小妞妞。

。

从瑞士回来后，在家也像模像样地英式打蛋。

PART 5

回望初心，再出发

TAKE TIME TO WASTE YOUR LIFE
把力气花在你想要的生活上

当我困在北京的车流中时，总会有意无意就想到人生的一些终极问题。我到底为了些什么，要苟且在这个满是污染满是雾霾的城市里呢？

我逃离不了地心引力，也逃不掉责任包袱，我虽然能尽量潇洒活着，但是在时代困境面前，谁又不是在无谓地螳臂当车？我不断地阅读，不断地吸收新知识，我也不断地尝试新技能，尝试在“勇往值钱”的道路上越走越远。

有一天我觉得走得足够了，再走下去我只能更迷茫，我和他们说：停一停，休息休息。他们说：不能停，停下来，就输了；停下来，别人就超过你了。

每天的东四环八车道上，有无数的人在想方设法超过我，但是他们永远在我还能看到的地方，也就不过五十米远处，左冲右突，深陷迷雾，谁也无法破局。

有人说我们能健康出生就是竞争的结果，所以我们活着也就要不断地竞争，没有个你死我活，这辈子不算完。而我想问：到底我们是怎么来的呢？如果一定要死的话，我们应该要怎样去死呢？

不知生，焉知死，先让我好好懂得为何而生吧。

Kindle和书。

亚马逊股价再次蹿上历史新高，这让我这个拿着几十股的小股东认真思考了一下关于它的价值，以及书的价值。

多年来我一直是个数码控，在经济能力承受范围内的新东西我一般都会买来尝尝鲜。玩过之后稍微贵一点的也许就出掉，而几百块的东西往往都留着或者送人了，也不值钱，卖着麻烦。

而电子书我一直是抵触的，无论是用软件看书还是用电纸书硬件。我最早接触到的是一台iRiver的白色电纸书，那还是我在*PC World*做数码产品评测的时候，后来又用过索尼的，这几台机器都很精致，但是质感和手感让我觉得终究不适合用来看书。

在北京十多年，家里的书越堆越高，小说、杂志、各种杂书都不舍得扔，唯独专业书籍是看完就赶紧处理掉。扔书是件非常有罪恶感的事情，好几次我都在垃圾桶里把原本痛下决心扔掉的又捡回来。在没有买房时，每次搬家时最大的负担就是这些成箱成箱的书了，一半的家当都是书，搬家公司的伙计每扛起一箱都叫苦连天，看得我也挺难受的，为什么不多整些棉被让他们轻松完成任务呢。不过即使这样，我还是深陷于纸书的气味中无法自拔，翻开一本新书时的纸香油墨香，不看内容都已经足够取悦我这样的痴汉了。尤其我每次去香港台湾都会买很多繁体中文书回来，虽然贵，但是纸张和装帧比起内地的不知道高了几个档次。翻书时的沙沙声也一页一页地累积着我的成就感，即便是半夜举着书睡着被书砸在脸上惊醒，也会有“我今天已经尽力了”的满足。

但是扛不住的是出差，有几年我北京杭州跑的次数很多，每次赶飞机之前都要千挑万选带上什么书，要么太重，要么太大，一本不够还得多带两本，纠结来纠结去，最后买了个Kindle，抵抗失败。

我的第一台Kindle应该是4，有物理按钮用着挺舒服，但是没有背光。后来出了Paperwhite，我在日本买了台回来，晚上看书更方便了，Moleskine的小书灯也能退休了。那次同时还买了台Kindle Fire，因为那年汇率实在太低，便宜得很。用了一阵发现Fire就是一废物，比任何安卓平板都不如，赶紧趁还九十九成新卖掉了（突然想起后来亚马逊曾挖我过去做Kindle的安卓商店，我一想到那台可怜的Fire马上拒绝了）。

很快Kindle Voyage问世，我去日本次数实在太多，马上在大阪买了一台。如果说Paperwhite还是有点重的话，Voyage倒是恰恰好了，在日本买的是3G版，比国内买Wi-Fi版还便宜，机器背部讲究的设计也让我爱不释手，尤其再去日本的时候，拿上它就能随处直接上网。老实说我不喜欢触摸屏，Kindle 4的物理翻页按钮我很喜欢，Voyage的触摸翻页也还行，但是黑暗中总把握不准位置，按两次才能实现翻页。后来廉价版的Kindle出了白色，我又买了个玩，但是真的太厚了。

Voyage和Paperwhite已经足够满足大家对电子书的设想，不过我一直希望它能有一款方便单手操作的产品，就像早年索尼的某款拟书设计的平板电脑，于是今年终于看到了Oasis。

Kindle Oasis刚发售没多久时，我跑遍东京的几个主要商业区的所有数码店，没有任何一家卖Oasis，不光Oasis，如今他们连Voyage都不卖。全部是Paperwhite和廉价版的那款厚Kinlde。问了几位店员，答案都一样：大家都买Paperwhite，足够了，Oasis太贵了，不实用。一定要买的话，线上可以订。

这就是Oasis的问题了：对我来说它的优点只有一处，那就是可以任意单手操作了，手大手小都可以单手。但是除了这点之外，其他都是缺点，尤其是那个带电池的皮套，还必须捆绑销售，Kindle原本一两个礼拜充电一次就够，备用电池要了干啥？又不是安卓手机分分钟救急。这样的结果导致售价两千多，都能买一台Voyage再买台安卓手机了。想明白之后，我便拔了草。

在带来便利的同时，Kindle带来的困扰也有很多，我在Kindle商店里买书越来越多，而看书越来越少。

它确实方便了随时看任何书，但为什么我看书越来越少呢？因为书本的体验没有了，每本书都是一个味道，每本排版都一样，每本字体字号颜色重量都一样。我记不住那些书的封面是什么样子，也不知道我什么时候看完了什么书，从渡边淳一到毛姆到刘慈欣到余华到徐浩峰，仿佛一个永远看不完的故事、一本永远翻不到末尾的书——这样看下来的结果是：我觉得这些作者的风格似乎都越来越像，因为Kindle上的书没有装帧，文字的显示体验已经潜移默化地改变成一模一样了。

线下的书店讲究陈列，而亚马逊商店总是一个样子，排行榜的算法不够优秀，畅销书永远是那些，每天滑开屏幕看到都是同样的一些书——这让我有种错觉，新书和好书怎么那么少。这也是我看书越来越少的一个原因，还好我有解决方案：我每周去线下书店（主要是PAGEONE）至少一次，看看他们上架了什么新书，改变了哪些陈列方式，这样才有更多的新书名和新封面进入我的视线，不然我完全会被亚马逊的推荐和榜单所蒙蔽。而且，不能光去一家PAGEONE，三里屯、颐堤港、国贸商城三家不同的PAGEONE就有着完全不同的展示逻辑和不同的侧重，单向街书店、三联和新开业的西西弗又更是有着完全不同的选书方法。一趟逛下来，才知道原来出版行业还是红红火火，不买几本书走还真是不好意思。（亚马逊应该也意识到了这些问题，他们也开设了实体书店，第一家在西雅图的大学城里。）

于是，我又开始疯狂买纸书了。我把Paperwhite扔在车里，把Voyage放在床头，而沙发边、书房书桌、吧台上，都通通堆上了纸书。现在我坐在书房里，面对着这次装修自己亲手装上的一整面墙的书柜，里面只有不到一半的书，其他都是各种数码收藏品和旅行纪念品。几千块的书都在我的几台Kindle中，虽然它帮我省了好几万块钱，但是这一瞬间我感受到空空如也的失落。

一辈子有一台Kindle已经足够多，但一辈子存上万册纸书都不嫌多。

真正的创作。

在一个工作日，我约了一位同样不用上班的朋友去南山滑雪，一路上聊着聊着就聊到了孩子的教育问题。他孩子三岁了，我还没有孩子，我们两个居然能聊到一块，完全托乐高的福。

如今的孩子们比我们那时候幸福多了，我们能有几块木头积木搭搭房子就不错了，现在的积木已经逐渐被“乐高”二字给替代。正如其广告里写的那样：“只有乐高集团生产的积木，才是乐高积木。”我觉得似乎把“积木”这样的字眼完全去掉也成立，反正其他的木头积木、铁片积木都已经不再存在，当今的积木领域已经是乐高一家的天下。

只有乐高生产的乐高，才是真正的乐高。

10月份在慕尼黑逛街，看到乐高最新推出的保时捷911跑车，还原度极高，折合人民币不到三千块，我口水都快流下来了。但是掂量了一下那盒子，还是不舍地放下了。这如果买下，我的行李箱就去掉了一半空间，剩下的旅程完全没法好好继续了。

孩子们玩着乐高的德宝系列已经足够智力启蒙，而以成年人的角度来看乐高，却又多了很多顾虑。我和朋友提到这些，他也颇有感慨，往简单点想乐高就是一玩具，但又细思恐极。

先说说乐高的各种系列，目前在售的乐高玩具大大小小分为四十类左右，一般人很难分辨出来，不过也有一种简单的分类方法，至少我是这样分的：1.模型系列（包括儿童系列、没有机械的和有机械的）。2.创意系列（包括ideas和MOC以及开放式）。3.动力系列。

儿童系列我们就不说了，家有孩子的多少都会买一些，而且大人也得耐心地陪着他们一块玩，积木确实能启发孩子对于结构和空间的想象力，从抽象到具象的还原能力，同时也能锻炼动手能力，而且还安全（德宝系列零件比较大，不会被吞入喉咙）。

除了儿童玩的之外，模型系列并不那么简单。如果说德宝系列即使没有图纸也能看着成品图揣摩出来，那么真正的模型系列没有图纸就完全抓瞎。除非道行极深的专业玩家，我相信我们这些玩票选手离开图纸就不知道该怎么下手，我买过很多款汽车飞机等科技系列的乐高，那些内部结构设计确实精巧，但是在每个部件完成之前，我都不知道自己在做些什么，只知道一步步跟着图纸来，找件、拼装。

那感觉就像曾经风靡一时的：教你如何画马。

对我而言，这个过程没有让我感受到任何创造力，我享受了这段时光，但是没在这个过程中获得成就感。

我买了那套乐高建筑工作室（21050 Architecture Studio），两千多个白色和透明散件，没有图纸，只有一本厚厚的书用以启发建筑思维。这就是我之前说过的开放式的乐高，没有人给你步骤，你得发挥自己的创造力。

买了一年，书也看完了，但我竟不知如何下手。我被自己的弱智伤到了。

我的弱智不影响我继续沉迷乐高，我相信只是因为我玩得太少，对于基础件还需要培养更熟悉的感情。我又买了一些科技系列，也买了一些建筑模型，也买了新出的乐高迷宫。事实证明，我对机械结构，比对建筑创意要更敏感一些，虽然我很热爱建筑设计，但我在Minecraft里修建的房子也从来不太好看，热爱并不等于擅长。

我主观地把责任归咎于乐高，我认为乐高限制了人的想象力，它的基础件和不规则件种类太多，多达数千种，在一个人把全部种类的乐高颗粒都收集齐全之前，似乎不太能创造出让自己满意的作品。而作为一个学习能力逐渐弱化的成年人，长期拿着乐高图纸按图索骥，已经来不及培养出基于乐高基础之上的所谓创造力了。而且乐高只是一家商业公司，如果世界上突然没有了这家企业，孩子们培养出来的“乐高创造力”能不能平移到另外一种结构化的玩具之上去呢？

我为此和几个朋友交换了意见，大家都陷入了沉思。后来我们都认为，还是姑且把乐高算成一种玩具吧，别赋予其太大的意义了，没有哪一种商业化的玩具能负担得起人类文明。

我转移了注意力，开始研究电动系列。科技系列的大多模型可以加电机及传感器改造成电控，而乐高的NXT系列也完全基于电控+编程来进行创造，这个系列目前最先进的型号是EV3，这也是每个玩电动乐高的人必收入囊中的一款玩具。电动系列不太讲究外观还原度的完美，而更在乎机械及物理，这已经成了码农宅男们的心头好。而我再一次败下阵来——没有一定的编程能力，不太好上手EV3，而如果你是程序高手，那么乐高的大门此刻才真正向你打开。

而如果既要讲究外观的美妙，又要讲究机械动力的精巧呢？

真正有创造力的作品，都存在于乐高的ideas系列和MOC中，若你已经准备好了纸巾擦口水，可以尽管搜索关键字：Lego+MOC。你能看到无数脑洞大开的作品。有不少职业玩家倾其所有创造了那些令人叹为观止的杰作，而这个高度不是我们通过模仿和学习能够触及的。一个人需要同时具备极强的理工科大脑和最感性的设计思维，才能想到诸如机械闹钟、音乐盒以及完整的工业流水线那样的创意并且通过乐高去搭建出来，然后编程让它自己运转。别忘了，那还势必耗费非常可观的财力，我相信看到这篇文章的人们都不太想去做那样赴汤蹈火的事情。

这些才是能震撼到我的能称得上“创作”的东西，它们让我意识到自己的渺小和可笑，也让我惊叹人脑中无穷智慧的潜力。我们总把乐高这种东西想象成玩具（也把Minecraft当游戏），顶多把它们算作高级玩具，但是却没有意识到这些比完成日常工作及生活中的各种挑战都还要更难。当你带着敬畏之心来面对乐高、Minecraft以及Steam平台上的超级游戏Besiege时，你一定会和我一样重新开始认识自然科学的魅力。

相信大家还见到过很多其他品牌的类似乐高的积木，它们也一样由基础小件组成，能组合成一些建筑和小动物的摆件，但是远远比不上历史悠久的乐高品牌那样设计严谨质量上乘，国内有很多山寨品牌卖，小米也推出了一款相同思路的积木机器人。但更让我吃惊的是在印尼巴厘岛的机场看到的不下十种的山寨乐高品牌，其中进口自中国的山寨品已经是包装比较上档次的了，大开眼界。

而更有意思的是，在我思索着乐高积木和教育的关联性意义的同时，索尼突然在官网首页发布了新产品预告：一款名为KOOV的教育型积木将很快上市。看其展示的成品图神似乐高，不同的是使用的都是方形的卡口，并且所有的基础件都是晶莹剔透的半透明设计，看来也是为了刻意和乐高的知识产权绕开。

毫无疑问，越来越多的玩具及游戏开始往高智商方向挺进，也是对于我们童心未泯的成年人的一大福利，我们多少能蹭蹭锻炼脑力的借口来补充一下童年缺失的幸福感。但有时候想想以后万一在教育孩子玩这些东西时自己的智商暴露于无形之中，也是蛮不好意思的；而且假设孩子真的很喜欢玩乐高，很擅长玩乐高，家底被掏空也是分分钟的事情，玩这东西要玩出收益，似乎比培养出一个电竞冠军靠打电脑游戏来赚钱都渺茫……

53

人人都能拍照。

20世纪80年代末，我还在父亲所在的军工厂读小学，成绩一直排在前两名。同班和我关系最要好的小伙伴成绩特别差，他爸妈则总邀请我上他家吃饭，吃完顺便辅导他家孩子做作业。这些都是大家小时候碰到的寻常事情了，而对我来说，不寻常的是，同学的爸爸，是厂区里宣传部门的主要负责人，他家摄影和音响设备异常丰富。这些公家的东西，在80年代可不是谁都有运气看到摸到的，我表现出了极大的兴趣。

这位叔叔把他珍藏的一支钢笔送给了我，作为我和他儿子的友谊的见证，在辅导功课之外的时间，我把他家的《大众摄影》杂志都翻了个遍，记住了两件东西：相机和裸女。也记住了两个品牌：奥林巴斯和美能达。

叔叔见我有求知欲，可能他刚好也苦于自己儿子对他的专长没有任何敏锐度，他便非常积极地给我展示各款相机和镜头，还有如山的滤镜（那时候的滤镜都是镜片，不是现在App里的功能）。他带我看暗房，教我怎么上胶卷，怎么拍照，至于镜头和焦距的知识似乎对十岁的我来说还太复杂。他还给我看了很多索尼、爱华的磁带机，这么说来，我的数码启蒙，应该就是在这个时候开始了。

我摸到的都是美能达系的设备，虽然其他品牌如尼康、佳能也同样有悠久历史了，但叔叔唯独对美能达情有独钟。很多年后我自己开始买相机，也一直是优先美能达，再后来，美能达的相机技术出售给了索尼，我顺理成章地武装起了全套索尼数码单反。

我开始数码单反的旅程时，尼康和佳能正拼得火热，富士在一旁兀自清高，整个市场没有索尼什么事，没有美能达的索尼一直埋头做着精巧的卡片机。2006年初我负责公司和索尼的合作，很多T系列卡片机在上市前会先送到我手上进行评测，那时单反领域已经火热起来，索尼却一直没动静。眼看着专业单反慢慢步入消费级市场，索尼终于在当年5月的最后一天宣布把美能达收了。

我等索尼粉丝可算熬出头了，齐刷刷地滚进了数码圈里，也不再争论胶片好还是数码好了，反正未来都是数码的。但是当年抱着索尼A700还是会被佳能5D一众嘲笑，A900迟迟不来，没有全幅的单反说起话来腰板毕竟不够硬。

玩相机这回事，日益变得复杂化了，器材党遍地都是，或者说，玩摄影变得简单化了，因为它和花钱买官是一个道理。我偶尔把给瑞表集团拍的产品图和给一些餐厅拍的菜品贴出来，总有人问是佳能的什么机器什么头拍的，也有人说颜色不如佳能那么柔，应该是尼康拍的，只有非常少的人会说：看这红色，应该是索尼。

索尼费了不少时间来修正它的红色问题，后来一系列的机器都刻意宣传层次分明的红色。

有一天我在东三环国贸旁的庆丰公园遛狗，看到一众老头老太太，长枪短炮加马甲，围着一位花枝招展的姑娘。姑娘倚着树拉着枝条，搔首弄姿。老人们姿势专业，马步健硕，有的趴在地上，有的甚至爬上了树杈，吓得我赶紧抱起了我的狗。

那一段日子我没少思考关于专业设备步入消费级领域的阴谋：曾经大家把数码相机越做越小，越做越便宜，直到没有什么利润空间。突然有一天，广大百姓的准专业消费可能性被意识到，于是各大厂商发现了赚钱的新机会。卡片机已经沦落到两千元以下，只有不断推出准专业级的偏高价设备才有利润可言，而这些准专业的设备的受众，却是非专业的普通人民群众。低端的机身加塑料狗头，出来的品质算不上好但是看着就是气派又专业啊！人口红利，在哪个领域都一样奏效。

任何一个人买一套五千多的设备，都摇身一变成了专业摄影师，即使全程使用自动挡，只要镜头够长就是那么回事。2008年我在搜狐任职，经常有大明星们到十二层录节目，一般员工没法进去，而只要我举着单反和长焦镜头大摇大摆，保安都会一路给我主动开门——这一看就是专业摄影记者嘛，还用看证件吗？那一年我贴身拍了李宇春、刘嘉玲、陈坤、高圆圆，还有一众奥运冠军，他们也都当我是职业摄影师，主动微笑，主动给姿势。

单反穷三代，这话确实没错，所以我一直算是玩票的，镜头永远保持在三个蔡司组合的状态，想买新的镜头，就得先跑到西郊的五棵松器材城卖掉一个镜头。在收入不高的日子里，玩相机着实是一个沉重负担。

看着公园里的游人们慢慢地都变成了摄影师，摄影变成了一件没有门槛的事情，微博和QQ上一个个都犹抱单反半遮面对着镜子来了一张摄影师标准照。色影无忌论坛上也总是看到用微距拍一朵花、用标头拍自己夫人、用黑白拍个朴素的少数民族孩子就发上来炫技的色友，我打算放弃了。我不想做一个器材党，这不是件好玩的事情，这是个商业圈套，这不是技能更不是特长。

随着旅行的次数越来越多，我知道了单反的原罪所在。大包小包的行李中，必需物品都已经塞不下了，哪还有心思放相机？至于专程弄个专业相机包背上镜头闪光灯还有脚架的做法，我更是理解不了，如果是摄影记者出去工作我能接受并且表示钦佩，但是您拖家带口还拿着奶瓶，还整这些家伙什干什么呢？尽管后来微单逐渐流行起来，但是全套装备加起来并没有减少太多体积和重量，我的全幅微单A7自从美国一号公路自驾回来之后，便再也没拿出来过了。

有爱好是好事，但是旅行毕竟是去感受世界的，自己融入大自然都来不及，哪还有时间架脚架换镜头？很多人不打算把眼前的风景和名胜用肉眼看清楚，他们打算用最高像素的相机拍得仔仔细细然后带回去在屏幕上放大了再看。

你们这些城里人，可真是会玩。

庆幸这些年科技的飞速进步，非器材党们有了迂回的余地。起初是索尼的黑卡相机RX100居然基本实现了普通微单的画质，这玩意儿能塞进任何一个口袋，毫无负担，它成了迄今为止我使用时间最长的相机，“黑科技”一词也是由这台相机而来，慢慢被应用到各个其他产品上。沉迷黑卡之后，我又把最贵的一根草拔了回来，RX1，后来再升级到RX1R再到RX1RII。微单正式入了冷宫，偶尔要拍超广角才会拿出来用用，旅行时就揣着两台RX完全足够。吃好玩好，上山下海，想暴走就暴走，爱怎么疯就怎么疯，才不用在岸上伺候那一大包设备。

自从iPhone 4出现之后，手机拍照成了不可阻挡的潮流，各大手机App几乎把摄影关照得无微不至，尽管和相机比起来还是有较大的差距，但普通用户已经完全分辨不出来了。很长一段时间里，我一直用iPhone拍照，沉迷Instagram，我在2012年还印了一本摄影画册，全是用iPhone拍的，也挺好。随着iPhone 5、6、7的普及，虽然没有人人都成为摄影师，但是每个人的照片都拿得出手了。朋友圈里天天都是各种滤镜下的风景和自拍，如今照片能不能存储是小事，能不能分享到社交网络才是大事。

为此卡西欧自拍神器和Wi-Fi SD卡火了一阵子，徕卡Q也象征着其彻底的数码化，在存储、传输外加后期处理及分享的潮流之下，没有谁能够幸免（徕卡最新发布的M10也把无线传输加了进来），摄影彻底成为一种娱乐方式，拍照成了男女老少的标配技能。

“摄影”再也不能成为一种特长写入到profile里了。

偶尔还有人关心暗房和撕拉片，但是他们也都慢慢消失不见了，在成本和效率的压力下，情怀变成了老古董才有的东西。

用什么设备、用什么镜头，我都可以拍得很开心，我iCloud里常年有近三万张照片随时在同步，看着标记上的地理位置就能感受到满足。我的照片没什么不一样，不过是三分法和对齐，不过是Instagram和VSCO，我从来只是个拍照的，摄影师这称号太沉重，就让那些腰圆体壮的去背负吧。

其实有句话玩过摄影的都知道，我就不多说了。那位叔叔在我十岁时告诉我的，我一直铭记于心，在我问他什么是最好的镜头时。

其实你可以记住。

早晨起来，对着窗外的浓郁雾霾，把玩了一会儿Rubik的魔方，卡在了倒数第二步，一首歌的时间，还没把这个简单的三阶魔方还原六面。从前倒腾它只需要不到一分钟，现在拿在手上居然着急了。

这只魔方被我束之高阁一年了，四五步的流程中只被忘掉一步，不知道当算是记忆力好还是不好。我以为玩魔方已经变成了肌肉记忆，没想到还能被忘记，但是好歹只忘了一步，赶紧补救还来得及。

找了个CFOP的公式表出来，居然一下子没看明白。很好，记忆力下降之后，智商也退步了。

我曾经自认为记忆力很好，拜先天一半的粤语基因所赐，从初中听流行歌曲四大天王小虎队Beyond开始，就能完整记住两千来首歌词。很多年后看到电视里有《我爱记歌词》这样的节目，觉得真是太无聊了。不光是歌词，那些歌前奏来一两个小节，我都能说出歌名演唱者作词者，还有它属于哪张专辑，哪年发行的，甚至，哪家公司发行的，又是哪家公司引进的。

夸张吗？一点也不。我高三做过一年磁带生意，知道这些并不奇怪。

总有人说记忆力和智商成正比，记性越好的人越聪明，我曾经相信过。人嘛，越年轻总是越以为自己了不起的。现在我已经能把这两件事分开看了，记忆力固然能帮助人在大量的数据中更快决策，但是和人到底聪明不聪明，其实还是两回事。人最常见的愚蠢就是：总以为自己有多聪明。

这些年的高低起伏中，我渐渐能把自己放低到一个谦卑的位置。刨去那些莫名其妙的光环之外，其实谁和谁区别并不大。人对自我价值的判断，很大程度上决定了他怎么去看周围的物质世界，知道自己几斤几两，就能够笑着面对得失了。

我很多年来一直热衷于数独，小时候的各种数学竞赛让我对于数字和数学一直有着无限的崇拜。数独这样的游戏设计得非常精妙，横、竖、九宫格，都能恰好由一到九组成，而且不会相互冲突。如果说最初玩数独靠的是计算，那么现在玩数独对我来说已经变成了记忆力游戏，我会尽量去尝试记住所有已存在的数字的位置，这样不需要写辅助数也能一次性完成所有空格。当然这需要绝对的全神贯注，才能在几分钟内顺利解完，而且稍高级点的数独我这么玩完后居然会头疼。还好数独也有比较有乐趣的一种，在Windows 10商店里MS Studio提供的数独游戏中有图形化的和不规则格式的，玩着没有那么乏味。

然而数独和魔方毕竟是太不一样的两种东西，魔方是立体的，和数学关系稍微远一点，很多人玩魔方靠的是背公式，然而背公式只是一种缺少乐趣的解决方案。玩任何游戏我想应该都不是为了炫耀，它只是一个自证和日常锻炼的过程。就算公式熟练了手势也锻炼成了条件反射，轻松地进入十五或者二十秒境界，又有多值得沾沾自喜呢？

多少能刷刷成就感吧，记忆力的成就感，很多人小时候就领教过：圆周率。

同学中总会有那么个人，能把圆周率背到小数点后一百位。在十岁的年龄里，这可是一件很不得了的事情，家长望子成龙，老师重点培养。不过现在回想一下小学的那位才子，你还记得他吗？这个人如今又真的成就冲天吗？

那时我从没尝试过背圆周率，一是没觉得我能背得出来，二是我知道背出来也没用啊，考题中从来不会有这么一题不是吗？知道3.14159265358979还不够吗？

一晃二十多年过去了，我突发奇想，反正闲着也是闲着，既然已经察觉记忆力在随着年龄下降了，要不试试背一背圆周率，权当锻炼。

我搜索出小数点后一百位抄写下来，想了想该怎么背。首先我是绝对不打算用最流行的谐音法，太恶心了，如果那也叫记忆，简直是侮辱大脑。我就打算直接背数字，强记。

强记也是有方法的，毕竟一百个数字本身没有任何意义，很容易背乱次序。于是我把它们断成不同长度的字符串，从3.14159265358979之后，按照两组五个数字，然后两组六个数字，然后两组七个两组八个……让原本无趣的数字随着这个节奏越来越长，到了九十几位的时候，再最后留下顺口的五个数作为结果。这样，背完五之后背六，背完六背七，很快一百位记住了，脱口而出，不需要谐音，就是记得住。鉴于难度太低，我又顺手背完了两百位。

这时候我已经知道了，只要有合适的方法，一千位我都能背下来。小时候佩服得五体投地的那些天才，只不过用心去做了这件事而已。

我在洗手间的梳妆镜后抄了一张纸，每天早晨用来验证一下自己背得还对不对。几天之后再背，依旧记得住，停了一周之后，有点忘。于是我把这些数字做成手机壁纸，一行一行用不同大小的字号，这样它们在图形上也有了节奏，再怎么忘也忘不掉了。

当然多年来我一直用生活中随处能用到的各种方法来锻炼记忆力，这么做的原因是担心自己太早老年痴呆。这些日常的锻炼帮助我培养对数字和字母的敏感度，并且能随时寻找方法来辅助记忆。

在外连各种公用Wi-Fi时，我都是直接把密码背下来，这样自己几台设备都能一一输入，不用反复翻看菜单下的小字或者问服务员。而很多饭店的Wi-Fi密码就是他们的电话号码，托手机十一位号码的福，对于我们来说，记住电话号码并不算难事。我很多要好的朋友的手机号码我都直接背下来，这两年因为微信用太多打电话的频率急剧下降忘了不少，但是总得记住几个关键人物的，比如家人和发小，这样万一手机丢了，也能给家人报个平安或者直接找到信得过的人帮忙。相比电话号码，各种网站和软件的验证码已经算是很容易背的了，那些发到手机上的四位或者六位数字，你只需要记住它几分钟就行，随后马上可以忘掉。而有些号码比数字复杂点，那就是车牌，基本上我用易到叫完车后都会马上把车牌背下来，这样当我推着行李走到路边找车时，不用再曲折地掏出手机来确认我是不是上对了车。

很多人习惯了用百度搜网站，或者直接用一些网址导航来上网，即使要上的网站是163.com，也宁愿打开百度在搜索框里输入中文“网易”，在中国学会上网只需要记住百度的域名即可。而我则习惯把任何我需要的域名都背下来，各个银行和各个航空公司的域名是最容易混乱的，自己手动多输入几次总能记住，这应该是网络时代的必备技能。那些连上个京东也要先百度的人，我完全不觉得是省事，那就是懒。

我目前为止做得最变态的一件强迫自己记忆的事情就是：微信不做备注。是的，我习惯用头像和ID来记住这个人是谁，虽然这样会不记得一个新认识的朋友的名字，但是他在我脑海中有具体形象，我不喜欢微信的名单像通讯录那样冷冰冰的，大家完全不同的取名偏好让我的微信列表中五彩缤纷。当然，碰到有些人贪新厌旧会同时改名字换头像，完全改头换面，我就突然不认识他了，也是个麻烦事。最近微信好友突破一千，扛不住了，我终于破例开始给新加入的人写名字备注了，这毕竟不是记忆力好不好的事。

相信很多人和我一样，记外文名字困难。这里说外文，所以它包括了英文名和俄罗斯名，后者应该不少人有共鸣。小时候看俄国（苏联）文学比较多，但是那些动辄十几个字的名字实在难以记住，翻过页后就忘了这人是谁。尤其在看《百年孤独》时，那些一样又不完全一样的名字，折磨得我阅读进度极其缓慢。

只要我们想记住一些东西，自然会好生记住它们。但是偏偏我在背下圆周率两百位时忘了给狗喂食，而且完全想不起来到底有没有给它喂食。记性是有选择性的，一个正常人不是事事都能了然于心的。

我更倾向于：人总是健忘的。没有人能把开心不开心都一股脑记得清清楚楚，我们挑选再挑选，过滤再过滤，直到大脑皮层里只刻下我们想要的那一点点信息，才能腾出更多脑容量去接纳明天的新知识和新故事。你对过往的苦痛遭遇不能释怀就会永远念念不忘，而你看开了的那些，就像从来没发生过一样，并且甚至还会有意无意去美化它。反复地擦写是可以改变记忆的，当你美化得多了之后，大脑已经完全被自己骗过了，那些不好的东西，就真的从来没有存在过，而你，自然一直过着运气不差顺风顺水的美好生活。

魔方的公式我是看不明白了，干脆就搁在一旁，凭着自己一步步的思考，最后摸索着还原出了魔方的六个面。尽管不是那么快，但好歹是自己揣摩出来的。真若有心去做一件事情，一件很多别人也能做得来的事情，我想它应该不会比登天还难。所以真要有心去活得开心潇洒，我想它应该也极其简单。

谁会真的羡慕一个记性太好的人呢？

如果每个月花两百块买书。

如果每个月花两百块买书，坚持十年，会花掉多少钱，收获多少知识？

如果每个月花一千块买书，坚持十年，又会花掉多少？又会收获一些什么呢？

前者答案我已经知道了，后者答案我还不知道，估计也没有机会知道了。

2002年夏天开始工作时，我给了自己一个任务，每月工资到手，先拿两百块买书，先买十年。那时候网络还在web1.0时期，能看很多东西能聊天打游戏，但是购书这块只有当当，所以基本上还是揣着现金去书报亭或者书店。

杂志十到二十块一本，别的书二十到三十块，长沙有个很大的定王台书市，每两周去那儿跑一趟，大部分书都是八折或者七折，只有杂志才需要花全价购买，其他书不可能没有折扣。那时候MP3已经流行起来，我不需要再花钱买磁带CD，这样两百块全都可以花在文字上。记忆不是很深刻，似乎《哈利·波特》、王朔、石康都是那个时期读完的，有些也许之前是借同学的看的，拿工资了再补买上一本重翻一次。

2002年我第一个月工资是七千六百块，在那个年代有点高，后来一两年基本月薪都是两千或者两千五，税后。工作比较特殊，衣食住行除了买衣服不能报销之外其他都能报，住也在单位租的房。赚钱似乎变成了一件很容易的事情，于是每每领了钱便花天酒地挥霍一空，唯独把买书的钱留了下来。

所以买书基金不过是月收入的十分之一，两顿饭的钱，完全不会影响到正常生活。有一段时间狐朋狗友一起抽烟喝酒不少，后来一算，烟又不好抽，干吗不把抽烟的钱拿去买书，就把烟戒了。在路边想买烟时就先把手上的钱甩出去要一本杂志，没两个月就不想烟了。

十二个月，一共花两千多一年，而且时常忘了买或者没什么好买，总开销实在是可以忽略。

说出来也不怕被笑话，19世纪末20世纪初的很多书，我都是毕业拿工资了之后才看的，除了《哈利·波特》和《晃晃悠悠》之外，其他的书我都比别人晚读好几年。高中三年实验班冲高考，不可能看杂书。大学四年我在忙着弹琴写歌排练，为乐队的事情忙得精疲力竭，上课不是在睡觉就是在改谱子，哪有时间看书。

我确实觉得我读书少，才有了这样的计划想去补，结果和我预期的并不一样。如果我每个月买十本小说，也许我早成了一个文学作家，但是，我几乎全买了科技杂志。

互联网和数码电子发展迅猛，我每个月固定会买的几本杂志分别是：《新潮电子》《电脑爱好者》《微电脑世界》《数码》《科技新时代》还有《新周刊》（这货每月圈两次钱），偶尔会买《三联生活周刊》和《时尚旅游》等。光是这些，一半的买书基金就花掉了，再买几本漫画几本小说就达标，一个月也只有那么点时间能看书。

这些杂志并没有白买，相反它们带给我比小说更大的收益，我成功地在这个行业扎根下来，知识面覆盖硬件软件，尤其在消费电子方面有一定话语权，最初的奠基石就是那几本杂志。多年后我在计算机世界集团的办公室坐下，负责微电脑世界的网站，以及一些消费数码产品的评测工作，后来这家庞大的出版集团把《电脑爱好者》和《数码》等刊物收归旗下，我才突然间意识到，我竟然无意间实现了当时买书的一个愿望：要是能去这杂志工作该多好，什么新产品都能不花钱体验到。

从那以后，大部分最新的数码产品我都能第一时间拿到，索尼的MP3

和苹果iPod都会把即将上市的新产品通过蓝标先送来评测，其中很多较便宜的，甚至就不用还了。再后来，自己想买什么也都能马上买了，再后来，也就什么都不稀罕了。

可惜这些杂志都太具有时效性，每次搬家时，我都得清理一批书卖掉，首当其冲就是杂志，科技类杂志。到现在除了刊有我文章的那些期之外，其他的都早早被收废纸的拉走了。唯一留下的杂志便是《新周刊》，整年整年的打包在一起，现在手边就有两打。

2007年之后，往香港跑得多了，买书的钱突然变得不够用，港版和台版书动辄一百块一本，我半天半天地泡在诚品和一些二楼书店看书，最后买两三本带走，毕竟是来旅行的，书买多了行李扛不住。有很多繁体版的书不一定会有引进内地的机会，所以不在香港买便看不到。我对繁体字非常熟悉，看竖版书也非常快，这点优势不是每个人都有。

毕竟租房的生活中，买书是有负担的，没地方放，并且搬家太辛苦。我便每年清理一些，只留下最喜欢最不舍得的，每次扔书，都觉得罪大恶极十恶不赦。Kindle在那段时间里成了我的无上至宝，很多朋友都表示，在租房生活中，读书只能靠Kindle，确实一点都没错。

2011年，我终于有了自己的房子，便又重新开始放肆买书，至此从2002年开始的买书计划已经实施了十年，十年间买书花费顶多两万块，不知不觉，人生竟已翻开下一篇章。

人说投入一万小时能够让你精通一个技能，那么坚持十年的，算不算是你独特的生活方式？因为选择的书不同，你可能成了一个作家，也可能成了一个编剧，也可能成了一个IT精英，总之，它们潜移默化地改变着你，让你变得更好。

世界已经不一样了，多贵的书也都有了。而我们在漫咖啡坐下，看到满墙净是公务员考试、法律条款、四六级指南、民间什么什么方等只有在二手书摊上才能看到的书，仿佛穿越到县城的集市手拎着鸡鸭在翻看绝世武功秘籍，一阵尴尬。白老师突然开口说：要不，每个月拿一千块买书？

我说行，于是就开始操办。

而事实是：即使再均衡杂食，也不是每本书你都有欲望去买的。一千块，偶尔能凑齐，还是在买三百多一本的设计书的前提之下。而买那么大量的书回来，每个月根本消化不完，每个月指标都从没完成过。我多希望自己能把日语学好，这样买书又有了新的拓展空间，每次在日本书店流连忘返，那么精致的装帧，完全看不懂真是太可惜了。

我买了两本不同版本的《S》，一本拆了看了一眼一本还没打开，买了各个版本的《苏菲的世界》，买了各种英文原版的设计书，书架上仍然有一排书都还来不及拆开塑封，然而京东的快递员就像蔡琴般无时无刻地不在敲着门。

今年已经是我最有时间看书的一年了，也确实看了十几年来最多的书，当下的问题是，钱不是问题，书柜不是问题，问题是时间不够。每天日升月落，飞快一个星期又到周末，上班的人最盼望周末，而我一到周末就觉得害怕，一年又过去了五十二分之一。

如果每个月花两百块买书，坚持十年，会收获多少知识？

我真不知道，但我能确定的是，如果大家都这样买书，光合作用这样的小清新书店不会倒闭，至少不会倒闭得那么早。

在暴雨中。

因为北京暴雨，我整天没出门。看了会儿书，又看了会儿片，再把之前写到一半的几篇稿子拿出来增删改，头昏脑涨，站到窗前吹吹风观观海。

看着路上不知进退的车和顶着狂风撑着雨伞的人们，待在房里不用湿身是多么幸福的一件事。但是那些在外面的，就不知道会有什么危险在前方等待着了。

突然想起，我也曾经被这么淹过，还差点死了。

应该是2000年的夏天吧，我还在长沙读书，大一的暑假前。那时候会上网的人不多，我也只是个穷学生，经常在一个叫作湖南信息港的网站跳蚤市场转悠，买点电脑配件升级一下我的破电脑。在此有必要说一下我的二手电脑：CPU赛扬333，64M内存，13.6G硬盘（我对这个硬盘印象特别深刻，从来没见过也再没见过这个大小的），24速的光驱，14寸球面CRT显示器——足够寒碜的配置吧？这套东西配齐一共花了一千六百块，三年后我卖掉它的时候还收回了一千三百块。

那时候家境稍好的同学要么是买全套联想的台式机，要么是配的15寸纯平显示器（那时候不可能有哪个学生用得起笔记本电脑），而有意思的是在大家拿着六千多的电脑打《帝国时代》打《红警》的时候，我用我一千六百块的电脑赚回了六千多块，而且我也没少打《罗马复兴》。

那时候画很多设计图，鼠标绘制比较麻烦，尤其有些稿件是我在上课时画在纸上的，回到宿舍再打开软件重画一次，我需要一台扫描仪，但是去店里买全新的非常贵，很幸运我在湖南信息港的跳蚤市场找到了卖家。

一个开网吧的老板，新买了一批联想电脑，每台电脑附赠一台联想扫描仪，他留下一台就够，剩下的都便宜卖掉。我看到这则消息的时候，还剩最后两台，两百一台。我马上联系他，他说还有人想要，除非我下午马上去拿，不然不敢保证能给我留着。

那时候我们都没有听过快递这个词，寄包裹得走邮局，一来一去一个礼拜，而他的网吧开在中南工大旁边，离我学校也就倒两趟车，来去两个小时就够。挂了电话我马上出发，出门前找同学借了四百块。那时候也没有手机，就这么护着口袋里的几张钱上了公交。我也不知道下午有没有课，反正我一个学期要逃两百多节课，我们系里只有英语老师认识我。

我应该是在五点左右到的中南工大，很顺利。那是我第一次来中南工大，也是唯一一次进去，后来它改名叫中南大学。卖家的网吧要穿过学校大门去到后门的小街上，穿过校园时，我还特地到处看了看风景，进了大门之后不远就有个很大的人工湖，颇为壮观。湖两边种了两排树，车道人行道就在树林环绕中。我随便抓了个学生问路，沿着湖西面的车道一直往前走，上个坡，就能到学校后面的小商业街了。一路上没有车辆，倒也清净，天色有些转变，不过作为夏天的南方，下雨不是个稀罕事。印象比较深的是人行道上有个井盖没盖好，我路过的时候差点绊倒，我使劲踹了几脚想把它挪成对的姿势盖好，但是它似乎被卡住了，不会翻倒，但也没办法弄平整。

来到网吧，和老板聊了会儿天，给我两个崭新的大盒子，盒子虽大，其实还挺轻，毕竟只是扫描仪，那时候联想还用的旧LOGO，方中有圆。正当我准备告辞，下雨了。眼看雨来得凶猛，老板留我再坐会儿，上上网扯扯淡，不收我上机费。

趴在键盘上的时间都是一个小时一个小时地过去的，天也黑好一会儿了，我还没吃晚饭，雨也没见有停的意思。南方连下三天雨不停也属正常，我总不能永远等下去。老板见我执意要走，便给我找了一把破伞，说还不还都没有关系。趁着雨稍小点时，我冲进了雨中。

这条商业街在坡上，地上只有流水往低处滚，并没有积水。我把两台扫描仪用绳子捆了几道，举在头顶的伞下，这样盒子才不会被打湿，我走出一两百步，雨变得更大了，顺着狂风打在身上，裤子很快就湿了。我没想回头，左手举扫描仪，右手举伞，加快了步伐。

整个校园里都积水了，起初是鞋子进水了，这已经是小事了，再走了几步水到脚踝，再走几步裤腿在水里了，在可怜的路灯光下，水都是黝黑黝黑的，再加上一直在流动，很难看清地面，当我走到接近人工湖的林荫道时，积水已经过了膝盖，水下什么都看不见，四下无人。

我吞了一口口水，壮着胆子往前慢慢摸索，我想起来的时候碰到的那个井盖，不知道什么时候我会碰到它，或者万一井盖被冲走了，我就会直接掉下去，越想越恐怖。我顺着朝着湖边那面的树慢慢地走，印象中井盖不在这个方向，走出两步碰到了什么，我一踉跄。我下意识放下伞撑着地面，有了这把伞我才不至于整个人摔进水里，但是扫描仪的包装瞬间被淋湿了。伞被这么一撑也废了，顺手把它扔了，两只手举着扫描仪继续往前走。后来回想起来，其实伞那样扔在水里也会有绊倒其他人的风险，但是当时我已经不可能去把它捞起来了。再走了两步，我到了主教学楼前的那个壮观的人工湖边。现在它更壮观了，因为抬高的水平面和它前后左右的车道人行道的积水连成了一片，那就是一片海，一片黑漆漆的海。那一瞬间我头皮发麻。

我曾经想过，如果脏水淹到了我的大腿根，我就掉头回网吧去。但是直到水淹没了腰，我都没有回头，只想着一步步往前慢慢挪动。运气还算好，我并没有遭遇那个井盖，也没有走错路走到湖里去，虽然四下一片漆黑只有我孤独一人，但毕竟路灯和行道树多少是有作用的。我走出校门时，全身早已湿透，唯独头发还算比较干，雨几乎停了，当然也托头上扫描仪的福，我身上也并没有什么能被泡坏的东西。学校大门口地势比较高，居然完全没有积水，外面的市政道路也没有积水，逛完街回来的学生们在校门口站着聊天等水位降下去，我就像刚游过泳从湖里爬出来，或者是偷渡客历经艰险上了岸。

我坐上公交车，到河西桥头换另一趟公交车，车上我冷得有些发抖，感冒流涕，但是能活着回来就好了。公交车之前先来了辆小巴，长沙把它叫作中巴，我急着回去，便上了这辆破车，凑够了十多个人，开车了。我把扫描仪抱在怀里，它们的纸盒都吸收饱了水分，显得格外地重。外面雨又大了，还好我在车里。

中巴过了附三医院，路左右两边有一段都是刚刨过的山坡，还没完成施工，这时车突然熄火了。我们冲到了一处积水中间，前面有一辆车已经停下了，不过它马上又点着火走了，我们这辆中巴怎么都打不着火。司机说不是水泡了发动机，是车旧了，经常熄火，我们看了一眼，地上的水也就刚到车轮一半高。这时候又来了一辆中巴，紧停在后面，那车的售票员招呼我们这车乘客过去换车。除了我之外，大家都起身蹚水去后车，我懒得动，我精疲力竭，抱着扫描仪坐好我的位子。我不想再下去蹚水，一点都不想，去后车肯定就没座位了，虽然我还有三站就到了，但是我就不想站起来。后车刚载好人关上车门，我听到正在反复打火的司机大声喊了一句本地脏话。顺着他的手指方向看去，路左边的山体开始滑坡，离我们就十来米距离。

黄土夹着山上的树木植被就那么翻滚下来，我隔着玻璃都能看清楚原来我们脚下的积水都是黄黄的，我浑身冷汗冒了出来，这时这辆破车奇迹般地点着了火，嗖地冲出了积水区域并且一路狂奔。我打开车窗探头看后面接满了客的那辆车，并没有跟上来，我心脏怦怦地就要跳出来，司机倒是非常开心，说他技术好，说我运气不错，说他们不会有事的，那点滑坡的量，顶多把车推倒，埋都不够埋。我不知道他说的是真的，还是为不愿意回去救人而找借口，我也没力气去想这些，整个人都是蒙的。

至于走回宿舍的过程，我已经完全想不起来，连后来吃的什么、到底吃了没吃我都不记得了，好像感冒也不治而愈。我把联想的纸盒包装拆了扔在床下自然晾干，两台扫描仪包着塑封毫发无损，机器面板上联想的立体LOGO闪闪发光。我似乎觉得和它建立了某种类似患难之交的感情。

后来我把其中一台原价两百块卖给了一位老朋友，他不嫌弃盒子泡坏了，我告诉他这是我用生命换来的，他应该没领会。另外一台我自己用了几次之后觉得其实也不是那么需要，擦擦干净也两百块卖了，毕竟这东西原价得四百多。至此，我这趟出生入死好像没产生任何回报，不具备任何意义。

过了三年，联想突然宣布改换新LOGO，从Legend改成了莫名其妙的Lenovo。对别人来说也许没啥，但是我只记得我坐在暴风雨中飘摇的破车上，抱着两个泡湿的纸盒，纸盒上印着那个方和圆的旧Legend。

事到如今，我再没买过任何联想的东西，多大的暴雨我都还敢开着车出去，当然是在有必要的情况下，但是我不太喜欢被雨淋的感觉，甚至是会紧张。不过去年有个暴雨夜在798门口被出租车追尾，我下车去验伤，那种瞬间被雨淋透的刺激，突然让我感受到痛快。痛快到我没让出租车司机下车就叫他直接走了，这点小伤不值得浪费大家时间。

当然，还是在有屋顶的地方才更安心，才有闲情雅致去敲这么多废话，这个故事关系着我的一条命，这几页应该不算啰嗦吧。外面雨都停了。

做个有趣的人。

有人问过我：怎么样才可以成为一个有趣的人。

我问他：为什么要成为有趣的人。

答曰：因为有趣的人，才会被女生喜欢，才能够交到更多朋友。

确实是这样，人作为一种群居动物，需要他人的肯定，需要异性（也不一定）的陪伴，不然孤独感会让人自我否定，陷入自闭和毁灭。而有趣的人当然会有更好的机会，因为有更多的人愿意主动来靠近你。

怎么样会更有趣？会插科打诨或者油嘴滑舌、去遍世界每个角落拍下照片发在朋友圈，成为明星或者网红让万人追捧，还是去蹦极潜水驾驶飞机滑雪登珠峰？或者创造一个商业帝国家财万贯富得流油然后在任何场所一掷千金？

这些听着都很有趣，对于不同价值观的人从不同角度来看都足够有趣。但是却轻易地把一种生活方式扭曲得更实际了，甚至是更世俗了。它也许足够有分量，但是或许算不上有趣。

有情趣的人是有趣的人，会聊天的人也是有趣的人，懂得控制的人是有趣的人，随时帮助他人的人也是有趣的人，有故事的人是有趣的人，有独特能力的人也是有趣的人，会自如调整情绪的人是有趣的人，有好奇心有激情进行探索的人是有趣的人……而那些所有的活法综合到一起，活得精彩的人——探索过更多未知的领域、目的地，与各种不同的人交际过，处理过各种大事小事，最终留下美名的人——才是最有趣的人。

活得精彩，自然就会更有趣，当你的故事丰富到足以让众人好奇，你自然也就成了大家的焦点。我们需要的不是炫耀（虽然这个过程中会有很多东西值得炫耀），更应该看到不断丰富的体验过程中暴露出来的个人缺陷，发现了缺陷之后如何去修补如何去改正，进而让自己变得更加完美。

当然人不可能完美，我们只可以尽量去完善自己，我们可以让自己潇洒地变成更好的自己。什么理想什么抱负什么奋斗目标，那些都太远，五年十年的目标你能自己定好，但每天每月的小目标你是否有去想过？这些可比赚一个亿要容易达成得多。

我曾经采用一种矫枉过正的方法来改正被我发现的任何毛病。比如我沉迷上了一款游戏，我就一天不吃不喝把它玩通关，直到自己快玩吐为止；我曾经一直驼背，在正式场合上台时也不太容易挺直，后来看到自己的照片觉得必须要改，便在自己的演讲稿每段开头末尾都写上“挺直背”，后来也就慢慢能站直了；我总是想去日本，每次过去三四天回来又马上想去，于是2015年干脆让自己大包小包搬过去住了一个月，那也是我这些年来最无聊的一个月。我若是纠结两件衣服或者两台电脑不知道买哪个好，就干脆都买下……当然那是在有钱的情况之下，后来我知道我大手大脚的毛病必须改正不然后患无穷，干脆把稳定的收入断了。

我居然用了一年的时间，让自己慢慢达到了清心寡欲，物质对我而言，也不再是能轻易使情绪波动的东西了。

如今的生活变得相对简单，但是不乏乐趣，钱多钱少，我都已经能够让自己获得喜悦的心情，看书和游泳已经变成越来越熟练的日常活动，饭局虽然少了但是发现了自己一个人吃饭的清净和简单，交际圈不再复杂，我在社交网络上分享的故事也有越来越多的人关注，而真正的朋友偶尔嘘寒问暖主动资助又让我感动到鼻酸。

一个有趣的人，不光是能取悦别人，更要能取悦自己，在任何外界环境和物质条件下都能取悦自己。财富和物质永远不可能满足一个人，只有自己去设定一个自我满足的界限，并且随时去调整它而不要刻板遵循，那么你才可以获得真正的快乐。

幸福感都是比出来的，而你的对比目标不是那些和你没有关系的千万富豪，而是昨天的你自己。如果能做到永远比前一天的自己更好，你也就是真正有趣的那个人，不需要一众狐朋狗友吞云吐雾，也不需要那么多账户天天算账，更不需要每天在拥堵的路上疲于奔命，你已经把握住了更好的那种生活。

共勉。

。

在卢浮宫玻璃金字塔下放空。

。

手冲咖啡也是能让人尽情浪费时间的玩意儿。

。

厨房。

后记

写一本自己爱看的书。

从不严格的意义来看，这是我的第四本书了。第一二本完全是关于电脑的工具书，出版后自己都没有看过一次，第三本书是翻译的青蛙设计创始人的著作，它帮我奠定了我在互联网设计圈的地位，而我现在已经不需要这些东西了。我偶尔拿着这本厚厚的印刷精美的书送送人，但是销量就不说了，一本标价超过一百元的讲20世纪80年代的电脑设计的书，可想而知。

这本书才算是真正意义上我自己的第一本书，全部是自己的话语，表达自己的思想，附上自己拍摄的照片。我不上班的近两年时间里，只有写作才算是正儿八经一直在坚持的一件事情了。

当然，我还在坚持旅行，如果它也算能产生某种价值的话，它也能是正儿八经的。

很多近几年结交的朋友很惊诧于我什么时候开始走上写作道路的，其实在十年前我曾在某报纸和某杂志上都有专栏，不过那些内容仍是关于消费电子产品的，所以我从没把那些当作作品。那些新闻稿、评测报告，都是有固定的模板及审核标准，几乎贴近于八股文，不提也罢。而更早之前我写过小说，读书时也活跃于文学社团，而当互联网发展起来之后，任何人有台电脑都能产出脍炙人口的故事而不需要讲究文学质量，那时候起我就自命清高地开始鄙视写作了。

然而我最爱写的仍是小说，个中缘由不需要我多做解释，你们的每一种猜测都对。高中时期我担任了一年文学社社长，我一度非常羡慕当时我之后的下一任社长，当多年后我在姜文的《让子弹飞》里看到他的面孔时，片尾的副导演名单印证了我并没认错人。

当我开始认真思考自己的职业道路时，也就是我厌倦了职场的时候，我想到了写作。写作是一项既可以到处旅行也能够同时有产出的事业，写作不由空间限制，不需要团队合作，更重要的是，它务必离繁忙的工作越远越好。于是我重拾旧业，在我接近第三个本命年的时候。

不理解的人是绝大多数，这个岁数正是职业道路走向巅峰的关键时刻，我之前干得不差，应该说是比业内多数人要更好，但升官发财似乎并不是我想要的，它不再能给我带来更大的快乐。

我想做的事情，只是写一本我自己爱看的书。

这不是件容易的事情，自由职业的尴尬在各处显露出来。我过上了近十年来最窘迫的一段生活，慢慢地克服了物质困难之后，孤独感又与日俱增。而当我终于习惯了这种静悄悄的时光飞逝之后，身体告诉我，要更积极了，在自己尚无更大病痛之前。

我破天荒地办了健身卡，一有时间就跳下泳池。我更多地去回想我旧日的那些朋友告诉我的他们的荒唐事迹，也更多地去体验生活中随处见到但是不留心又会稍纵即逝的每件事物。出去旅行我携带的相机越来越少，拍照的张数也越来越少，我更多地去了解人文历史，去探寻古迹传奇，去感受山川和碎石。为了研究科技幼教，我买了不少乐高和其他玩具；为了在日本的书店里能多把握一些信息，我学习了日语；为了俯瞰世界去感受渺小，我坚持要学会开飞机。我的豪言壮语一点点地以各种方式缓慢地兑现，不上班的理想生活，就是我能够把所有时间付诸我真正想做的事情上。

这一切的目的，都是为了写一本自己爱看的书。

诚然当下你捧在手上的这本书并不算是，这只是总结我不上班的活法的一个集子，我希望它很有趣，希望它能对忙碌工作的你有一点点启发，毕竟生命是应该浪费在能让自己高兴的事情之上的。

过一段自己开心的生活，就和写一本自己爱看的书一样，都是一个小理想，而小理想的前提，就是我们有多笃信，还有我们怎么开始。真正的快乐，和收入多少并不一定有多大关系。而我相信能看到这里的你，必然和我有共鸣。

谢谢你点了头。

图书在版编目（CIP）数据

把力气花在你想要的生活上 / 朱宏著 . — 长沙：湖南文艺出版社，2017.6
ISBN 978-7-5404-8082-0

Ⅰ . ① 把… Ⅱ . ① 朱… Ⅲ . ① 随笔–作品集–中国–当代 Ⅳ . ① 1267.1

中国版本图书馆 CIP 数据核字（2017）第 084753 号

上架建议：畅销 · 随笔集

BA LIQI HUA ZAI NI XIANG YAO DE SHENGHUO SHANG
把力气花在你想要的生活上

作　　者：朱　宏
出 版 人：曾赛丰
责任编辑：薛　健　刘诗哲
监　　制：毛闽峰　赵　萌　李　娜
特约策划：李　颖
特约编辑：张明慧
营销编辑：好　红　雷清清
封面设计：梁秋晨
版式设计：潘雪琴
出版发行：湖南文艺出版社
（长沙市雨花区东二环一段 508 号　邮编：410014）
网　　址：www.hnwy.net
印　　刷：北京市雅迪彩色印刷有限公司
经　　销：新华书店
开　　本：880mm × 1230mm　1/32
字　　数：212 千字
印　　张：9
版　　次：2017 年 6 月第 1 版
印　　次：2017 年 10 月第 2 次印刷
书　　号：ISBN 978-7-5404-8082-0
定　　价：39.80 元

质量监督电话：010-59096394
团购电话：010-59320018